BASTEI LÜBBE

In dieser Taschenbuchreihe sind folgende Romane erschienen:

22 001	David Shear Der Tod und sein Bruder
22 002	Barry N. Malzberg Auf einer Welt jahrtausendweit . . .
22 003	Ted Thomas u. Kate Wilhelm Das Jahr des schweren Wassers
22 004	A. E. van Vogt Das Gedankenfenster
22 005	Larry Niven/Jerry Pournelle Das zweite Inferno
22 006	Philip K. Dick/Roger Zelazny Der Gott des Zorns
22 007	Kate Wilhelm Das Killer-Ding

Robert Asprin

Der Weltkrieg-Konzern

Science Fiction-Roman

BASTEI
LÜBBE

BASTEI-LÜBBE-TASCHENBUCH
Science Fiction Bestseller
Band 22 008

Deutsche Lizenzausgabe 1979
Bastei-Verlag Gustav H. Lübbe, Bergisch Gladbach
Amerikanischer Originaltitel: The Cold Cash War
Ins Deutsche übertragen von Ekkehart Reinke
Titelillustration: Patrick Woodroffe
Umschlaggestaltung: Bastei-Grafik (W)
Druck und Verarbeitung:
Mohndruck Reinhard Mohn GmbH, Gütersloh
Printed in Western Germany
ISBN 3-404-01240-2

Der Preis dieses Bandes versteht sich einschließlich der gesetzlichen Mehrwertsteuer.

I

Tom Mauser war ein zaghafter Mensch. Nur in seinen Tagträumen sah er sich als Helden kühner Ruhmestaten. In Wirklichkeit war für ihn Vorsicht der bessere Teil der Tapferkeit. Das wußte er genausogut wie seine Freunde. Um so größer war die Überraschung, als er seine feste Stellung in der Firma aufgab, um sich selbständig zu machen. Daß seine Geschäfte bald florierten, verwunderte allerdings keinen. Wäre der Erfolg nicht von vornherein abzusehen gewesen, hätte ein so bedächtiger Mann diesen Schritt nie gewagt.

Seinen Träumen hing er weiterhin nach. Er sah sich als Abenteurer, als Geheimagent, als Spion. Tatsächlich fehlten ihm der nötige Schwung und Mut für derlei Tätigkeiten. Sein Stolz fand einen Ausgleich darin, daß er ein freier Mann mit eigener Firma war: Spionage- und Nachrichtenhändler.

Sein Tag begann um sechs Uhr morgens. Zwei Stunden bevor die Angestellten kamen. Aus Bequemlichkeitsgründen hatte er die Brüroräume direkt ans Haus anbauen lassen. Von seinem Arbeitszimmer konnte er gleich in die Küche gelangen. Dennoch gestattete er es sich nie, die Büroräume anders als in seriöser Kleidung zu betreten. Man spazierte ja auch nicht in Unterhosen auf der Straße!

Sein Haus war sein Haus. Sein Büro war eine andere Welt. Eine Welt der Träume und des großen Geschäfts.

Der Unterschied war körperlich zu fühlen. Im Haus herrschten behagliche 25 Grad, im Büro wehte bei 19 Grad ein frischerer Wind. Mit einigen geschmackvollen und praktischen Stilmöbeln gelang es seiner Frau, ihr Heim in bescheidenem Rahmen behaglich zu gestalten. Sein Büro aber . . . sein Büro war sein ganzer Stolz.

Der Besucher glaubte, die Kommandozentrale eines Hollywood-Raumschiffs zu betreten, bei dessen Ausstattung die Filmgesellschaft ihren ohnehin verschwenderischen Etat weit überzogen hatte. Während er zu Hause immer auf dem Teppich blieb, scheute er für sein Büro keine Ausgabe, elektronisch gesteuerte Bildschirme, Fernsehtelefone, Aufnahmegeräte und Datenspeicher säumten ringsum die Wände. Wohin man auch blickte, traf man auf die neuesten und modernsten Einrichtungen. Fast alle Investitionen erfüllten einen nützlichen Zweck.

Er liebte diese ersten beiden Stunden des Arbeitstages, die er allein verbrachte. Da plante er, da hatte er schöpferische Ideen.

Es war ein Morgen wie jeder andere. Er schaltete nicht erst das Deckenlicht, sondern gleich zwei Bildschirme ein. Auf dem ersten erschienen Arbeitsnotizen für den heutigen Tag. Er pflegte sie am Schreibtisch ins Diktaphon zu sprechen. Oft gab er sie aber auch telefonisch von zu Haus oder aus irgendeiner Kabine durch, wenn ihm ein bemerkenswerter Gedanke kam.

Bei den Gesprächen von außerhalb benutzte er ein tragbares Terminal – genau wie seine Agenten. Dabei verspürte er immer einen leichten Schauer, auch wenn die Daten, die er seinem Büro eingab, üblicherweise nicht gerade aufregend waren.

Auch diesmal handelte es sich um ziemlich banale Dinge.

GEHALTSSCHECKS AUSGEBEN . . . TELEFONRECHNUNG BEGLEICHEN . . . MIT MISS WITLEY SPRECHEN BETREFFS IHRER STÄNDIG LÄNGER WERDENDEN MITTAGSPAUSE . . .

Er seufzte beim Lesen. Die Spione in den Romanen brauchten sich nie um die Begleichung ihrer Telefonrechnungen zu kümmern. Das erledigten die Heinzelmännchen für sie – oder irgendwelche Beamten im Hintergrund. Die Helden tummelten sich derweilen in Luxuscasinos, hielten ausgesucht schöne Frauen im Arm, und von Zeit zu Zeit schossen sie sich mit unbekannten Männern herum.

Da fiel sein Blick auf den Vermerk NICHTEINHALTUNG DES TREFFS 187-449-3620 ÜBERPRÜFEN.

Sein Gesicht verdüsterte sich. Das mußte er allerdings sorgfältig überprüfen. Sollte der Agent den Treff aus Nachlässigkeit versäumt haben, würde er ihn entlassen. Thomas Mauser ließ keine Nachlässigkeit durchgehen. Sein Ruf stand auf dem Spiel.

Seine Kunden mußten Vertrauen zu ihm haben. Er bürgte für seine Agenten.

Blieb ein Käufer Geld schuldig oder versuchte er gar, ihn übers Ohr zu hauen, wurde er von der Kundenliste gestrichen. Drehte ihm ein Informant gefälschtes Spielmaterial an, brauchte er sich nie wieder blicken zu lassen. Thomas Mausers Geschäfte wurden mit absoluter Ehrlichkeit betrieben. Einer der Gründe, warum man ihm zehn Prozent zahlte.

Oder war der Agent aus triftigen Gründen verhindert gewesen? Er konnte zum Beipiel tot sein. In diesem Falle mußte sich Mauser um das tragbare Terminal des Mannes kümmern. Ein Rivale ergriff sonst vielleicht die Gelegenheit, sich in den Datenfluß einzuschalten und ihm Schaden zuzufügen.

Doch diese Möglichkeit war denkbar unwahrscheinlich. Er bezog die Geräte von einer japanischen Firma. Man hatte ihm dafür garantiert, daß die mitgelieferten Sprachzerhacker nur von jeweils einer bestimmten Person bedient und von keinem anderen angezapft werden konnte. Das Gegenteil mußte erst mal bewiesen werden.

Er las nochmals die Kennummer des Agenten – 187. Brasilien! Wenn er heute morgen die Zeitungen, Zeitschriften und Fernschreiben durchging, mußte er den Nachrichten aus diesem Land besondere Aufmerksamkeit widmen.

Er betrachtete den zweiten Bildschirm, der die während der Nacht telefonisch eingegangenen Bestellungen und Anfragen nach Informationen oder Kaufgelegenheiten auflistete. Auch hier nur das Übliche. Die Weihnachtsproduktion war bereits angelaufen. Daher nahmen die Bitten um Information über geplante Neuheiten konkurrierender Spielwarenhersteller rasch ab. Die meisten Anfragen betrafen leitende Angestellte. Jeder war begierig auf Informationen über andere leitende Angestellte, oft sogar über die aus der eigenen Firma.

Ein weiterer Punkt erregte seine Aufmerksamkeit, und nun mußte er lächeln. Da erbat eine große Gesellschaft Einzelheiten über die Zusammensetzung eines neuen elektronischen Geräts.

Das alles hatte aber bereits vor kurzem ein beliebtes Hobby-Magazin bis in die letzte Kleinigkeit veröffentlicht. Die Firma bot einen beträchtlichen Kaufpreis. Immer noch lächelnd, gab Mauser einen Hinweis auf den Magazin-Artikel ein und übermittelte ihn verschlüsselt dem Nachfrager »mit besten Empfehlungen«.

Der würde ein betroffenes Gesicht machen. Aber natürlich hatte kaum ein anderer soviel Zeit zum Lesen wie Mauser. Alle schunden sich im Joch ihrer Firma. Daher war es immer noch besser, sie auf eine kleine Panne aufmerksam zu machen, als zu gestatten, daß ihnen einer seiner Agenten etwas verkaufte, das schon allgemein bekannt war. Er mußte seinen Ruf in der Branche wahren.

Während er mit den Augen den Bildschirm überflog, verschlüsselte er automatisch in Gedanken sämtliche Angaben. Seine Angestellten brauchten später Stunden, um alle neuen Daten verschlüsselt in die Computer zu füttern. Er schaffte es in wenigen Minuten. Na, schließlich hatte er den Code ja erfunden.

Jede Anfrage wurde mehrfach kodiert – nach der geographischen Lage, dem Fachgebiet, dem Liefertermin und dem angebotenen Preis. Danach konnten die Agenten in der ganzen Welt mit Hilfe ihres tragbaren Terminals aus jeder beliebigen Telefonzelle alle ihr Gebiet betreffenden Anfragen abrufen.

Auf ähnliche Weise wurden zum Verkauf angebotene Informationen nach Kategorien, Fachgebieten und gewünschtem Preis kodiert. Auf ihren Terminals konnten sich die möglichen Käufer für sie interessante Artikel aussuchen. So floß täglich ein Riesenstrom gezielten und theoretischen Spionagematerials durch Mausers Computer. Er lenkte ihn in die richtigen Bahnen und kassierte seine zehn Prozent.

Genüßlich wendete er sich dem nächsten Bildschirm zu. Er wurde weniger beansprucht als der Firmen-Schirm, bot aber aufregendere Erlebnisse. Er war den Regierungen vorbehalten.

Auch an diesem Morgen gab es hier etwas Neues. Eine Anfrage vom K-Block.

Gespannt beugte sich Mauser vor und las. Seit Beendigung

des Russisch-Chinesischen Krieges hatte der K-Block die Verbindung mit der Außenwelt abgebrochen. Er ließ keine Information heraus, kaufte aber selber Nachrichten über andere. Mauser war ständig mit dem K-Block im Geschäft. Nebenbei hatte der K-Block eigene Agenten in aller Welt. Möglich, daß er darüber hinaus auch mit weiteren Nachrichtenhändlern kungelte. Ob er bei Mauser die auf andere Weise nicht zu erhaltenden Nachrichten bezog oder die Informationen der eigenen Agenten nur nachprüfen wollte, war nicht zu erkennen. Jedenfalls war der K-Block Stammkunde.

Wie würden Mausers Agenten wohl reagieren, wenn sie wüßten, wie viele ihrer Einsichten dem K-Block zugespielt wurden? Sie würden es nie erfahren. Aus begreiflichen Gründen teilte Mauser den Agenten nie die Namen der Auftraggeber mit.

Wie üblich erschien auch die heutige Anfrage ziemlich harmlos. Man verlangte Angaben über kürzliche Personalveränderungen bei zwei größeren Gesellschaften in einem bestimmten Lande

Das klang wirklich harmlos. Ähnliche Fragen kamen schon seit einiger Zeit. Nur handelte es sich diesmal um zwei andere Gesellschaften auf einer anderen Seite des Globus.

Mauser schürzte die Lippen. Der K-Block war raffiniert. Er tat nichts ohne Grund. Er warf das Geld nicht für Belanglosigkeiten hinaus. Da war irgend etwas im Gange! Er durchschaute es nur noch nicht.

Wieder las er die Anfrage. Personalwechsel bei zwei bisher nicht erwähnten Firmen. In einem neuen Gebiet. In Brasilien.

Brasilien!

Erregt sprang Mauser auf. Der geplatzte Treff in Brasilien! Er eilte an seinen Schreibtisch und setzte ein Terminal in Gang, das ihm als Schmierzettel und Notizblock diente. Er machte den angeschlossenen Bildschirm frei und gab zwei Infos ein. *Agent hielt Treff nicht ein. Kündigungen und Neueinstellungen.* Er lehnte sich im Stuhl zurück und schaute sinnend auf die Leuchtschrift des Bildschirms.

Thomas Mauser nutzte die Nachrichten, mit denen er handelte, nie zu eigenen Zwecken aus. Aber sie gingen über seine Bildschirme. Und an diesem Punkt begann sein Hobby. Er zog aus allem, was ihm bekannt wurde, seine Schlüsse über zukünftige Entwicklungen.

Man brauchte nicht die Blaupausen einer Waffe, um mitzukriegen, daß ein bestimmtes Land große Waffenkäufe tätigte. Man brauchte keine Krankenblätter, um zu erfahren, daß jemand dabei war, ein Dossier über eine bestimmte Persönlichkeit zusammenzustellen. Mauser verfügte über Informationen wie wenige andere. Er war Abonnent aller Pressedienste und zahlloser Publikationen in aller Welt. Dazu kam der endlose Nachrichtenstrom, der durch sein Büro lief. Er war imstande, mit großer Genauigkeit die Schlagzeilen des nächsten Tages vorherzusagen.

So waren drei von ihm prophezeite Grenzzwischenfälle, ein Bürgerkrieg, zwei Revolutionen und mehrere Attentatsversuche prompt eingetroffen. Er hatte sein Vorwissen nie irgendwie verwendet. Das wäre ein Vertrauensbruch gegenüber seinen Kunden gewesen. Aber es war und blieb ein unterhaltsames und oft aufregendes Hobby.

Immer noch starrte er auf die beiden Sätze am Bildschirm. Vielleicht hatten sie nichts miteinander zu tun. Dennoch würde er in den nächsten Tagen die Medien nach Neuigkeiten durchstöbern, die mit den beiden Ereignissen – oder mit Brasilien überhaupt – zusammenhingen. Der K-Block widmete ihnen Aufmerksamkeit – und Mauser würde den Grund herausfinden.

II

37 Jahre – ein kritisches Alter für einen leitenden Angestellten.

Peter Hornsby starrte durchs Bürofenster auf den geschäftigen Straßenverkehr hinab und zog eine Grimasse. Er hatte sich den ganzen Vormittag über nicht auf seine Arbeit konzentrieren können. Deshalb machte er jetzt lieber eine Pause. Ein typischer Montagmorgen . . .

Das »Fenster« war in Wirklichkeit ein Bildschirm, auf dem beständig ein Videoband ablief. Die Einrichtung gehörte zum Statussymbol von leitenden Angestellten. Es erregte stets höchstes Interesse, wer welches »Fenster« bekam.

Wenn Pete so deprimiert war wie heute morgen, fragte er sich beklommen, warum er nicht wie die meisten anderen leitenden Angestellten auf sonnenüberglänzte Wiesen, Wälder oder Meeresstrände schaute. Er gehörte zu der Minderheit, die das Band »Blick aus dem 57. Stock auf die Straßen« gewählt hatten. Und, soweit ihm bekannt war, hatte er als einziger »Nächtlicher Neonsturm über der Stadt«.

Waren das Anzeichen einer gescheiterten Karriere? Ließ er sich von seinen »Fenstern« trügerische Illusionen von Glanz und Macht vorspielen. Mit einiger Anstrengung schüttelte er die düstere Ahnung ab. Komm, Pete – munterte er sich auf –, du bist doch noch kein toter Fisch!

Zugegeben, in den letzten Jahren waren ein paar erhoffte Beförderungen ausgeblieben. Na und? Trotzdem bist du ein paar Sprossen auf der Stufenleiter höhergeklommen, das weißt du ganz genau! Es sind eben nicht so viele bessere Positionen frei.

Vor zwei Jahren – das war ein schwerer Schlag für dich. Statt dich zu befördern, engagierten sie einen neuen Mann – Ed Bush – und setzten ihn dir vor die Nase.

Ein neuer Mann, das bedeutet eben neue Ideen. Sogar du mußt zugeben, daß du es nicht so gut hingekriegt hättest wie Eddie. Ein dynamischer Feuerkopf, das ist er. Das kommt, weil er ein paar Jahre jünger ist als du.

Pete nahm einen Zettel vom Schreibtisch und starrte mit leeren Augen auf den Text. Mit 37 blieb einem keine Wahl. Man konnte nicht mehr irgendwo anders neu anfangen. Niemand engagiert einen 35- bis 40jährigen in der Erwartung, er werde noch große Karriere machen. Das blieb jungen Tigern vorbehalten – wie Eddie. Wenn Pete weiterkommen wollte, mußte er es hier versuchen.

Ein leichtes Kribbeln im Ringfinger unterbrach seinen Gedankengang. Wieder zog er eine Grimasse. Sein Ringofon! Mit dem Daumen schob er den Deckel zurück. »Hornsby hier.«

»Ja, Pete. Eddie.« Trotz der schlechten Tonwiedergabe durch den winzigen Lautsprecher im Ring war Eddie Bushs Stimme zu erkennen. »Kannst du zu mir ins Büro kommen?«

»Bin schon unterwegs, Eddie.« Er schloß den Ring und drückte einen Knopf auf dem Schreibtisch. Die Holzverkleidung der nach Norden gelegenen Wand verschwand, und er blickte durch einen Einwegspiegel in sein Vorzimmer. Ausnahmsweise war die Sekretärin mal an ihrem Arbeitsplatz. Allerdings blätterte sie gerade verstohlen in einem Katalog für Schönheitsmittel. Er berührte die Taste der Wechselsprechanlage.

»Ginny!«

Zu seinem heimlichen Entzücken fuhr sie schuldbewußt zusammen. Dann erst drückte sie die Taste ihrer Anlage.

»Ja, Pete?«

»Ich geh zu Eddie rüber. Vertröste die Anrufer!«

»Wie lange wird es dauern?«

»Keine Ahnung. Einer seiner plötzlichen Einfälle.«

Er schaltete ab und ging quer durchs Zimmer. Als er sich der gegenüberliegenden Wand näherte, glitt ein Teil zurück, und er gelangte auf den Flur, wo er sich auf das Rollband Richtung Osten stellte. Er nickte einem anderen leitenden Angestellten zu, der auf dem entgegenkommenden Band rüstig vorwärts schritt. Pete blieb jedoch ruhig stehen und ließ sich von dem Band mit der gemütlichen Stundengeschwindigkeit von sechs Kilometern weiterbefördern.

In jeder Abteilung hielt man es auf dem Rollband anders. Einige Teams pflegten darauf zu gehen. Andere liefen sogar im Laufschritt, um hektische Betriebsamkeit oder Wichtigkeit vorzutäuschen. Eddie hatte für seine Gruppe die Parole ausgegeben: Wir überlassen es dem Rollband. Bei uns klappt alles so großartig, daß wir es nicht nötig haben, wie die bekloppten Mäuse rumzurennen.

Vor Eddies Tür trat er vom Band und drückte auf den Knopf im Türrahmen.

Sofort kam die Antwort: »Bist du es, Pete?«

»Ja.«

»Komm rein!«

Die Tür glitt zur Seite, und er trat ein.

Eddies Zimmer war kaum größer als Petes, aber viel besser eingerichtet. Am »Fenster« lief keine Panorama-Szene, sondern ein Musterband. Pete wurde immer leicht schwindlig, wenn er dahin sah. Aber er hatte nie eine Bemerkung darüber gemacht.

»Mach dir's bequem, Pete. Zwei Stück Zucker, keine Sahne, stimmt's?«

»Genau.« Gegen seinen Willen war Pete angenehm berührt, daß Eddie sich das gemerkt hatte.

Eddie drückte die entsprechenden Knöpfe auf der Servomatik. Nach wenigen Sekunden summte es, und der Kaffee erschien.

»Dabei fällt mir ein, meine Servomatik ist ausgefallen. Könntest du veranlassen, daß sie repariert wird?«

»Hast du schon die Hauswerkstatt angerufen?«

»Jeden Tag seit zwei Wochen. Sie versprechen alles mögliche, schicken aber höchstens ein Formblatt zum Ausfüllen.«

»Ich werde sehen, was ich tun kann. Woran arbeitest du zur Zeit?«

»Nichts Besonderes. Bin mit ein paar neuen Ideen beschäftigt. Könnte man aber auch notfalls delegieren oder für eine Zeitlang liegenlassen. Warum? Ist was im Busch?«

»Man hat uns einen echten Knüller übergeben, und dazu

brauche ich dein kluges Köpfchen. Ich war gerade im Headquarters – habe mit Becker selber gesprochen.«

»Mit wem?«

»Becker. Ein VIP von internationalem Maßstab. Schlag im Jahresbericht nach. Da findest du seinen Namen. Jedenfalls sieht es so aus, daß wir in dieser Angelegenheit einen Vorschlag ausarbeiten sollen – neben anderen Teams allerdings. Eine Chance, in der obersten Etage angenehm aufzufallen.«

»Wer wurde außerdem beauftragt?«

»Higgins an der Ostküste und Marcus in New Orleans.«

»Higgins? Ich dachte, nach seinem letzten Fiasko hätten sie ihn rausgesetzt.«

»Nein, er wurde nur beurlaubt. Meiner Meinung nach bekam er diesen Auftrag zugeschanzt, damit man einen echten Anlaß hat, ihn zu feuern. Ich wette, daß sie jeden seiner Vorschläge ablehnen werden. Zum Jahresende ist er nicht mehr bei uns.«

»Wird auch Zeit. Und Marcus?«

»Habe ihn nie kennengelernt. Soll eine Art Genie sein. Hat aber, wie erzählt wird, die Angewohnheit, sich mit allen Leuten anzulegen. Wenn er dich für einen Idioten hält, sagt er es dir ins Gesicht. Du kannst dir vorstellen, wie er damit bei Sitzungen aneckt.«

Pete zündete sich eine Zigarette an, zog daran und stieß nachdenklich den Rauch aus. »Dann besteht unsere Konkurrenz also aus einem dreimaligen Verlierer und einem großmäuligen Blender. Wenn wir die nicht ausstechen, können wir uns gleich einen Strick nehmen.«

»So seh ich das auch. Aber wir dürfen Marcus nicht unterschätzen. Wer sich so lange in der Firma hält wie er, muß schon ein paar Gönner haben. Kann sein, daß man von ihm einige dynamische Ideen erwartet. Bei ihm müssen wir scharf aufpassen. Findet er Zustimmung, heißt es für uns: Feuer aus allen Rohren! oder: Volle Deckung!«

»Wieviel Zeit haben wir?«

Eddie zog eine Grimasse. »Ich zitiere: So viel Zeit, wie Sie brauchen – für eine erstklassige Arbeit. Ende des Zitats. Mit anderen Worten: Wer seine Präsentation als erster anbietet, eröffnet den beiden anderen Teams die Möglichkeit, ihn in der Luft zu zerreißen. Andererseits: Lassen wir uns zuviel Zeit, hält man uns für ein paar alte Waschweiber, die zu keinem Entschluß kommen können.«

Pete dachte ein paar Minuten darüber nach. Dann zuckte er die Achseln. »Wenn das die Spielregeln sind – gut, angenommen. Wir spielen die Karten aus, wie sie gegeben wurden. Okay, wie lautet der Auftrag?«

»Sitzt du gut, ja? Halt dich fest. Unser friedliches, menschenfreundliches Kommunikations-Unternehmen führt Krieg!«

»Sag das noch mal!«

»Es stimmt. Einen Krieg. Einen richtigen Schießkrieg – mit Soldaten, Granaten und Panzern.«

»Okay, ich hab's geschluckt. Und was sollen wir daran ändern?«

»Nicht viel. Nur den Deckel draufhalten. Einen Haufen Vorschläge machen, wie man die Öffentlichkeit in Unwissenheit halten kann. Und wie man zur selben Zeit die öffentliche Meinung so beeinflußt, daß niemand protestiert, wenn die Wahrheit doch ans Tageslicht kommt.«

»Sprichst du im Ernst? Komm, Eddie, wir sprechen über Krieg! Einen Krieg kann man nicht geheimhalten!«

»So? Meinst du? Er dauert aber schon fast ein Jahr . . . hast du bis heute etwas davon gehört?«

»Äh . . . nein.«

»Und damit nicht genug. Angeblich sind noch drei weitere Kriege im Gange. Einer in Island. Da geht es um Fischereirechte. Einer in Afrika um Diamantenminen. Und einer in der Wüste um Öl. Heiße Kriege zwischen großen Unternehmen sind heutzutage nicht mehr ungewöhnlich. Sagt Becker jedenfalls.«

»Und gegen welchen Feind kämpfen wir?«

»Ja, da wird es etwas heikel. Wir haben uns mit einer der größten Ölgesellschaften der Welt angelegt.«

»Und wir sollen den Deckel draufhalten?«

»Kopf hoch! Er wird weit weg, in Brasilien, ausgetragen.«

Pete betrachtete seine Zigarette. »Okay, dann die wichtigste Frage. Wen haben wir als Mitarbeiter? Werden sie uns zugeteilt, oder können wir selber wählen?«

»Wir haben ziemlich freie Hand. Warum? Hast du einen bestimmten im Sinn?«

»Na, ich hätte zunächst mal gern ein Verzeichnis aller Personen in der Firma, die gedient oder einen Verwandten im Krieg verloren haben. Ja, und jemand bestimmten hab' ich auch schon im Sinn.«

»Wer ist das?«

»Terry Carr.«

»Wer?«

»Der Radikalinski, den sie zur Frachtabteilung versetzt haben.«

»Der? Vorsicht, Pete! Der ist wegen antimilitaristischer Demonstrationen ein paarmal von der Polizei verhaftet worden. Mit dem halsen wir uns nur Ärger auf.«

»Ich seh das anders. Wenn wir es nämlich so drehen können, daß er diesen Krieg schluckt, dann schlucken ihn alle.«

Eddie wurde nachdenklich. »Das muß ich mir überlegen. Sag mal, hast du schon eine Verabredung zum Mittagessen?«

»Nein.«

»Dann laß uns in den Wind schießen und sehen, wo wir was bekommen. Ich möchte dir ein paar Ideen vortragen und hören, was du davon hältst.«

Die beiden Männer erhoben sich und gingen zur Tür. Eddie legte Pete die Hand auf die Schulter.

»Kopf hoch, Pete! Bis jetzt ist noch keiner pleite gegangen, der das Publikum für dumm verkauft hat.«

III

Das Rattern automatischer Waffen zerschnitt die Stille der brasilianischen Nacht. Lautlos robbte Major Tidwell im Schatten des Baumes vorwärts, die Ellbogen an den Leib gepreßt, denn der Schatten war schmal. Mit der linken Hand fühlte er suchend über den Boden, bis er den faustgroßen Felsstein mit den drei scharfen Zacken fand. Er war am Ziel.

Vorsichtig löste er den Riemen, mit dem er sein Absprungpolster auf den Rücken geschnallt hatte. Dann baute er es vor sich auf und prüfte mit der Sorgfalt des alten Berufskriegers zweimal die Lage. Schließlich war er sicher, daß alles stimmte. Das Polster lag glatt auf der Erde, ohne jede Falte. Die Vorderseite stieß an den Stein und bildete einen Winkel von 45 Grad zu einer gedachten Linie vom Stein zu dem großen Baum links.

Danach ließ er sich etwas Zeit. Neugier trieb ihn zu versuchen, ob er den elektronischen Sperrzaun vor sich ausmachen könne.

Nichts. In widerwilliger Anerkennung schüttelte er den Kopf. Ohne die eingehende Voraufklärung wäre er nie darauf gekommen, daß er sich vor einem Sperrzaun befand. Die Tarnung war vollkommen. Nicht der kleinste Lichtpunkt verriet das Geflecht unsichtbarer Relaisstrahlen.

Sobald ein Körper sie an irgendeiner Stelle unterbrach, würden mehr als ein Dutzend eingebauter automatischer Waffen das Feuer eröffnen. Die Einschläge würden auf einer zehn Quadratmeter großen Fläche erfolgen – rund um den Punkt, an dem die unsichtbare Lichtschranke durchbrochen wurde. Eine unerhört wirksame Falle, ein narrensicheres Abwehrsystem, eine raffinierte Tötungsmaschine.

Und doch hatte der Sperrzaun einen Nachteil. Er war nur fünf Meter hoch.

Tidwell lächelte grimmig. Diese Buchhalter hatten doch überall das letzte Wort! Warum einen acht Meter hohen Sperrzaun errichten, wenn auch fünf Meter genügten?

Die Frage war: genügten fünf Meter?

Na, er würde es gleich feststellen. Er faßte nach den Lederriemen des Sturmgepäcks. Es saß fest und sicher und würde ihn nicht behindern. Seine Hand fuhr zum Kehlkopfmikrofon.

»Lieutenant Decker!«

»Hier, Sir!« Die Stimme seines First Lieutenant war deutlich im Ohrhörer zu vernehmen. Kaum zu glauben, daß er mehr als fünfhundert Meter entfernt lag, um den Angriff auf der Südseite des Stützpunktes zu führen. Feine Sache, wenn man für die ITT kämpfte – die Nachrichtenverbindungen waren Sonderklasse.

»Habe Stellung erreicht. Beginnen Sie den Ablenkungsangriff!«

»Ja, Sir.«

Langsam erhob er sich und trat in gebückter Haltung ein paar Schritte von dem Absprungpolster zurück. Winzige Lichtpünktchen an den vier Ecken des Polsters zeigten ihm die genaue Lage an.

Plötzlich verdoppelte sich der Gefechtslärm. Drüben hatte der Ablenkungsangriff begonnen. Er wartete noch einige Herzschläge lang. Jetzt würden alle Posten abgelenkt sein. Er richtete sich zu voller Größe auf, tat einen langen Schritt und sprang dann mit beiden Füßen zugleich kraftvoll auf das Polster.

Unter dem Gewicht seines Körpers gab das Kissen nach, ehe es ihn lautlos hoch in die Luft schleuderte. Am Scheitelpunkt seines Fluges rollte er sich wie ein Kunstspringer zusammen und machte einen Salto. Danach streckte er die Beine wieder, um mit den Füßen zuerst aufzukommen. Aber es war noch ein langer Flug.

Als er den Boden berührte, ging er in eine tiefe Kniebeuge, um den Aufprall abzufedern. Aber es gelang nicht ganz. Er verlor das Gleichgewicht, ruderte vergeblich mit den Armen und fiel schwer auf den Rücken.

»Verdammt!« Er warf sich schnell herum und kroch auf allen vieren in den tiefen Schatten der nächsten turmartigen Tötungsmaschine. Dort wartete er mit angehaltenem Atem. Ohne einen Muskel zu rühren, spähte er in die Finsternis.

Er hatte den Sperrzaun überwunden. Sonst wäre er längst tot. Aber wenn noch Posten in der Nähe waren, mußten sie das Geräusch eines Falls gehört haben. Er war zwar nicht sehr laut gewesen, aber diese Öl-Heinis waren auf Draht.

Tidwell verzog das Gesicht, als er an den Sprengstoff in seinem Sturmgepäck dachte. Er hatte noch nie gern mit Sprengstoff gearbeitet. Er konnte sich nicht daran gewöhnen. Zwar war das Zeug erschütterungssicher. Nur sein Lieutenant konnte es durch ein Funksignal fernzünden. Dennoch dachte er ungern daran, daß er sich möglicherweise nochmals fallen lassen mußte.

Endlich wurde die Geduld des Spähers belohnt. Er erhaschte eine Bewegung neben der dritten H0tte. Langsam öffnete der Major die Halfter. Seine Entscheidung, die unförmige schallgedämpfte Pistole mitzunehmen, zahlte sich jetzt aus. Er zog die Waffe, brachte sie in Anschlag und richtete sie mit Hilfe des Leuchtvisiers dorthin, wo er eben die Bewegung wahrgenommen hatte. Dann wartete er darauf, daß der Posten sich nochmals verriet.

Plötzlich änderte er seinen Entschluß. Er schob die Pistole in die Halfter zurück und zog das Messer. Wo ein Posten war, war auch ein zweiter. Und der zweite Mann würde den Schuß trotz des Schalldämpfers nicht überhören. Blieb also nur die harte Tour.

Er sah, wie der Posten von Hütte zu Hütte schlich. Dabei ging er gewissenhaft vor, und diese Gewissenhaftigkeit war sein Verderben. Er duckte sich, spähte in die tiefen Schatten neben der Hütte, schlich weiter, prüfte das nächste Fenster, schlich weiter, prüfte das nächste Fenster, schlich weiter, blieb stehen, trat mit schußbereitem Gewehr in den Gang zwischen zwei Hütten, blieb drei Herzschläge lang stehen, spähte in den dunklen Gang, schlich weiter, blieb geduckt stehen, spähte nach allen Seiten, schlich weiter . . .

Offenbar vermutete der Posten den Eindringling schon tiefer im Gelände des Stützpunktes und wollte sich von hinten an ihn heranschleichen.

In Wirklichkeit aber war der Eindringling hinter ihm!

Tidwell lächelte. Komm nur, Sonnyboy! Nur noch ein paar Schritte. Lautlos ging er in die Kniebeuge und lauerte. Der Posten erreichte die Hütte, die auf einer Höhe mit dem Schießturm stand, hinter dem der Major versteckt war.

Der Posten duckte sich, schlich weiter, prüfte das Fenster, schlich weiter, prüfte das nächste Fenster, schlich weiter, blieb stehen, spähte in den Gang . . .

Wie eine Tigerkatze glitt Tidwell näher. Drei Herzschläge lang stand der Posten unbeweglich und spähte in den finsteren Gang zwischen den Hütten. In dieser Zeit schoß Tidwell mit vier langen Sätzen zu ihm hin, das Messer zum Stich von unten bereit. Sein linker Arm schnellte vor, legte sich um die Kehle des Postens und erstickte seinen Schrei. Dann drang das Messer unter dem linken Schulterblatt ein.

Die blitzschnelle Reaktion des Postens verblüffte ihn. Als die Messerklinge in den Schaft zurückschnellte, machte der Mann noch eine überraschte Zuckbewegung, ehe sein Körper schlaff wurde. Eine Schlaffheit, in die ihn sein Kampfanzug zwang. Der Gürtelcomputer hatte auf den Messerkontakt angesprochen und legte den Anzug lahm.

Entweder hatte der Mann unglaubliche Reflexe, oder sein Anzug funktionierte nicht einwandfrei.

Tidwell ließ den »Toten« behutsam zu Boden gleiten. Dann riß er ihm schnell die Erkennungsmarke vom Handgelenk ab. Bevor er seinen Weg fortsetzte, warf er einen Blick auf das Gesicht und zögerte unwillkürlich.

Er erkannte ihn sogar im Dunkeln – es war Clancy! Kein Wunder, daß er so schnell reagiert hatte. Auch Clancy hatte ihn erkannt. Er blinzelte ihm lächelnd zu. Mehr Bewegungen erlaubte ein »toter« Kampfanzug nicht.

Tidwell erwiderte das Lächeln und tippte seinem »gefallenen« Gegner mit dem Messerknauf an die Stirn. Clancy rollte mit den Augen, in schweigendem Einverständnis. Er hatte in vielen Diskussionen die Ansicht vertreten, Messer wären im modernen

Krieg sinnlos. Er würde es von jetzt an schwer haben, überzeugende Argumente für diese Ansicht zu finden.

Der Major schlich weiter. Freundschaft war eine feine Sache, aber er hatte einen Auftrag auszuführen und war schon ein wenig hinter dem Zeitplan zurück. Ein Ablenkungsangriff kann die gegnerischen Kräfte nicht lange binden. Auf leisen Sohlen verfolgte er den Weg, den Clancy gekommen war, in umgekehrter Richtung. Unterwegs stieß er das Messer in die Scheide und zog die Pistole.

Plötzlich wuchs aus der Finsternis vor ihm ein Schatten auf.

»Na also«, flüsterte der Schatten. »Hab' ich dir gleich gesagt, daß da niemand ist!«

Die Pistole gab ein gedämpftes Plopp von sich, Tidwell traf ihn in die Brust. Der Schatten brach zusammen. Mit einer verächtlichen Bewegung löste der Major die Erkennungsmarke vom Handgelenk des anderen. Dieser Mann würde sich mit Sicherheit nicht lange bei der Truppe halten. In einer Nacht hatte er zwei Kardinalfehler begangen: ein Geräusch überhört und bei einer Schweigewache gesprochen. Solche Versager brachten die Söldner in schlechten Ruf.

Er blieb stehen, um sich zu orientieren. Vor ihm zwei Bunker. Dahinter noch drei. Danach drang er schneller vorwärts, tief geduckt, aber nicht mehr so vorsichtig. Nur an einigen Stellen lauschte er kurz, ob ein Feind in der Nähe sei. Die beiden Sektorenposten waren ausgeschaltet. Das verlieh ihm vorübergehend einen Vorteil. Wenigstens solange, bis eine Streife hier vorbeikam.

Und dann erreichte er sein Ziel. Der Bunker unterschied sich äußerlich in nichts von den anderen. Und doch barg er etwas Besonderes. Das hatte der Geheimdienst wieder und wieder bestätigt. Hier wohnte der Kommandeur des Stützpunkts mitsamt seinem Stab! Hier befand sich das Nervenzentrum der Verteidigung: Stabsoffiziere und Nachrichtenzentrale.

Tidwell nahm das Sturmgepäck vom Rücken und setzte es neben sich auf dem Boden ab. Er öffnete die Klappe, holte die vier

Sprengkörper heraus und prüfte überall die Zeiteinstellung. Er hatte es schon miterlebt, wie die schönsten Einsätze erfolglos blieben, weil die Zeitzünder nicht aufeinander abgestimmt waren. Das sollte ihm nicht passieren! Da prüfte er lieber zweimal nach. Ob die kriegführenden Kommunikations-Unternehmen und Ölfirmen etwas daran verdienten, wußte er nicht. Aber die Uhrenindustrie dürfte einen strammen Profit machen.

Mit zwei Sprengladungen unter den Armen und einem in jeder Hand machte er einen raschen Rundgang um das Gebäude. An jeder Ecke brachte er eine Ladung an. Bei der vierten arbeitete er nur mit der linken Hand. Die Rechte hielt die Pistole mit Schalldämpfer im Anschlag, und seine Augen suchten die Dunkelheit zu durchdringen. Es dauerte zu lange! Jeden Augenblick konnte eine Streife hier vorbeikommen.

Als er fertig war, stand er auf und rannte im Höchsttempo davon, ohne noch einen Augenblick Zeit zu verlieren. Herumschleichen hatte jetzt keinen Sinn mehr. Zwei Bunker weiter stoppte er ab, warf sich flach hin und drängte sich in den Schutz der Wand. Schweratmend griff er mit der linken Hand ans Kehlkopfmikrofon.

»Decker! Ladungen sind angebracht! Zünden!«

Nichts geschah.

»Decker! Können Sie mich hören? Zünden!« Mit dem Fingernagel klopfte er gegen das Mikro.

Immer noch nichts.

»Zünden, verdammt nochmal . . .«

Peng!

Tidwell sprang auf die Füße und sauste um die Hausecke. In der Stille der Nacht hatte es laut geknallt, aber eine Explosion war das nicht. Jemand schoß – wahrscheinlich auf ihn!

»Decker! Zünden!«

Peng! Peng!

Da war kein Irrtum mehr möglich. Sie schossen auf ihn. Fluchend feuerte er ein paar Schüsse in die vermutliche Richtung des Feindes. Aber nun stand er auf verlorenem Posten. Er hörte schon die Schreie der Verfolger. Wenn er sie nur möglichst weit von den ausgelegten Sprengladungen weglocken konnte! Er sauste um die nächste Ecke, preßte sich auf der anderen Seite gegen die Wand und rang nach Atem. Wieder sprach er ins Mikro.

»Decker!«

Die Tür des Bunkers gegenüber flog auf, und Licht fiel nach draußen. Wie in einem Alptraum schoß er auf die Gestalt, die sich als Schattenriß in der offenen Tür abzeichnete. Dann stolperte er rückwärts in Deckung.

Peng!

Er war tot. Zwar spürte er den Einschlag der »Kugel« nicht, aber sein Kampfanzug fiel in sich zusammen und riß ihn mit sich zu Boden. Er war gelähmt. Selbst wenn er sich hätte bewegen können, wäre er nicht davongekommen. Denn der gleiche Quarzlichtstrahl, der seinen Kampfanzug vernichtend getroffen hatte, machte auch seine Waffen funktionsunfähig.

Hilflos lag er da, als sein Killer kam, um ihm die Erkennungsmarke vom Handgelenk zu lösen. Der Mann, der sich über ihn beugte, hob überrascht die Augenbrauen, als er den Rang seines Opfers erkannte. Er sagte aber keinen Ton. Mit Toten spricht man nicht.

Der Mann entfernte sich. Tidwell seufzte und machte sich auf ein langes Warten gefaßt. Erst dreißig Minuten nach dem letzten Schuß des Feuergefechts würde man seinen Kampfanzug reaktivieren. Eine Zeitlang hegte er die schwache Hoffnung, daß Decker die Sprengladungen noch fernzünden würde. Aber bald erkannte er, daß damit nicht mehr zu rechnen war.

Die verdammten Funkgeräte hatten versagt! Wieder ein Einsatz in die Binsen gegangen!

Noch einmal seufzte der Major. In einem toten Kampfanzug hilflos dazuliegen, war schlimm genug. Aber immer noch besser, als wirklich tot zu sein. Doch ihm graute schon jetzt vor dem Augenblick, wo er sich bei seinem Vorgesetzten zurückmelden würde.

Nach dem Fehlschlag dieser nächtlichen Aktion würden Köpfe rollen. Da er der verantwortliche Offizier war – seiner zuerst.

IV

»He, Fred! Warte mal!«

Fred Willard hatte schon die Hand an der Glastür. Er drehte sich um und sah, wie Ivan Kramitz ihm vom Bürgersteig aus zuwinkte. Mit gequältem Lächeln winkte er zurück und wartete, um zu hören, was der Hurensohn von ihm wollte.

Er haßte Ivan von ganzem Herzen und wußte, daß dieses Gefühl von seiner Seite erwidert wurde. Die gegenseitige Abneigung war durchaus nicht überraschend. Sie waren im Äußeren und der Herkunft nach völlige Gegensätze und konkurrierten zudem auf dem gleichen Gebiet.

Ivan war erst kürzlich nach Amerika eingewandert. Man munkelte, er sei Flüchtling vom Russisch-Chinesischen Krieg. Dagegen stammte Fred von amerikanischen Eltern der niedrigsten Schicht. Ivan wirkte in Aussehen, Würde und Arroganz wie ein ungarischer Fechtmeister, während der beleibte Fred mit seinem schweren Schritt, wie er selber nur zu gut wußte, an einen stiernackigen, biersaufenden Cop erinnerte.

Dazu kamen der Altersunterschied – Fred Mitte Fünfzig, Ivan Anfang Dreißig – und die Tatsache, daß sie bei verfeindeten Unternehmen arbeiteten. Unweigerlich erblickte jeder in dem Rivalen die Verkörperung des Bösen.

Dennoch konnte Fred, seines Zeichens Rangdritter im Unterhändlerteam des Kommunikations-Imperiums, die Gelegenheit eines Gesprächs mit dem Rangzweiten im Unterhändlerteam der Ölgesellschaften – eines Gesprächs abseits vom Konferenzraum – nicht beiseite wischen. Deshalb blieb Fred stehen und wartete, bis Ivan ihn in gemächlichem Schritt erreichte.

»Entschuldigen Sie, mein Freund«, sagte Ivan mit seinem ausländischen Akzent, »daß ich Sie aufhalte. Aber ich wollte noch mit Ihnen sprechen, bevor Sie ins Büro gehen.« Er lächelte falsch.

Fred erwiderte das Lächeln genauso unaufrichtig. Er hatte vor einigen Wochen bemerkt, daß Ivan akzentfreies Englisch sprechen konnte, wenn er nur wollte. Daß er es jetzt nicht tat, war nur darauf abgezielt, Fred zu ärgern.

»Macht überhaupt nichts, Ivan. Was kann ich für Sie tun?«

»Ich möchte nur gern wissen, ob Ihr Team immer noch an den vier Millionen Tonnen Treibstoff interessiert ist?«

Interessiert? Verdammt nochmal, und ob sie interessiert waren! Aus Treibstoffmangel konnten zur Zeit vierzig ihrer Kampfflieger nicht starten.

»Ich bin darüber nicht im Bilde, Ivan. Da muß ich mich bei den zuständigen Burschen erkundigen. Warum? Wollen die Ölzaren mit dem Preis runtergehen?«

»Möglich. Ich hab' da was läuten hören und könnte der Sache nachgehen. Die Ablehnung Ihres ersten Angebots hatte jedenfalls keinen grundsätzlichen Charakter. Vielleicht ziehen sie ein Tauschgeschäft dem einfachen Verkauf vor. Nach einer ziemlich verläßlichen Quelle wären sie nicht abgeneigt, den Treibstoff freizugeben, wenn Kommunikationen ihnen die Konstruktionspläne für das neue Kehlkopf-Sprechfunkgerät überließen.«

Volltreffer! Das System mußte den Hundesöhnen mächtig zu schaffen machen, sonst würden sie den Handel nicht vorschlagen. Man sollte etwas Salz auf die Wunde streuen . . .

»Ich weiß nicht, Ivan. Die Jungs sind ziemlich eigen mit ihren kleinen Spielzeugen. Glaube kaum, daß sie sich so leicht davon trennen würden.«

Ivan grinste wie ein Menschenfresserhai. »Ich habe es natürlich nur gerüchteweise verlauten hören, Frederick. Aber es wird ausdrücklich zugesichert, daß Ihre Truppen nichts von dem Tauschhandel erfahren werden. Sie verstehen . . . ein kleines Geschäft zwischen alten Freunden . . . unter dem Ladentisch.«

Du Hurensohn! Ihr wollt, daß wir die eigenen Männer hinterrücks verkaufen! Wir sollen eure Ölbanditen mit unserer Erfindung ausrüsten, ohne die eigenen Truppen zu warnen!

»Kommt unter keinen Umständen in Frage!« Fred behielt das Lächeln bei, auch wenn es weh tat. »Für die paar Gallonen Treibstoff – ausgeschlossen!«

»Sie enttäuschen mich, mein Freund. Unsere leitenden Herren sind sich durchaus bewußt, daß sie bei dem Tauschhandel noch etwas dazulegen müssen.«

»Und zwar – wieviel?«

»Unglücklicherweise komme ich zur Zeit nicht an die Zahlen heran. Vielleicht können wir unser Gespräch beim Mittagessen fortsetzen?« Ohne die Antwort abzuwarten, ging er an Fred vorbei und verschwand im Gebäude.

Er kommt an die Zahlen nicht heran – Blödsinn. Dieser Schweinehund ist nie um eine Ausrede verlegen. Im Klartext bedeuteten seine Redensarten: ›Du kannst dich auf den Kopf stellen, Süßer, ich sage es erst, wenn es mir paßt!‹

Scheiße! In solchen Augenblicken haßte er seinen Job als Unterhändler. Es war ganz klar, daß die Ölbonzen die Geräte zu ihren Bedingungen haben wollten. Und sie würden sie auch bekommen. Ivan hätte nicht diese Chuzpe an den Tag gelegt, wenn er sich seiner Sache nicht sicher wäre.

Am meisten ärgerte sich Fred, daß ausgerechnet ihm das Angebot unterbreitet worden war. Der Kerl wußte, daß es nicht abgelehnt werden konnte. Und er wußte außerdem, daß Fred ein Nachgeben haßte wie die Pest. Wenn Fred das Sagen hätte, könnten die Ölbonzen ihnen ihre Besitztümer in ganz Nordamerika, ja, in der gesamten westlichen Welt anbieten, er würde seine eigenen Truppen nie verraten.

Aber er mußte wie jeder andere gehorchen. Und wenn der große Fürst Schwabbelbabbel entschied, der Tausch sei eine gute Sache, dann mußte er den Mund halten und tun wie befohlen. Ivan wußte es und triumphierte schon im Vorgefühl des sicheren Sieges.

Fred überlegte – nicht zum erstenmal –, wie Ivans Gesicht sich wohl ausnehmen würde, wenn er es eine gewisse Zeitlang mit beiden Fäusten bearbeitet hätte. Er seufzte sehnsüchtig und betrat den Konferenzsaal. Etwa zwei Dutzend Personen waren anwesend. Die beiden Gruppen hielten auf deutlichen Abstand. Sie waren in entgegengesetzten Ecken des geräumigen Saals versammelt. Man flüsterte untereinander verschwörerhaft und warf ab und zu einen verstohlenen Blick auf die Rivalen. Die üblichen Laute und Gesten begrüßten den Neuankömmling. Wirklich kein Bild holden Friedens. Aber schließlich wurden sie auch nicht dafür bezahlt, mit der Friedenspalme umherzugehen. Ihre Arbeitgeber wollten Ergebnisse sehen, nichts anderes.

Das Unangenehme am Job eines Unterhändlers war, daß nie jemand mit den von ihm erreichten Ergebnissen zufrieden war. Jeder glaubte, er selber hätte mehr herausgeschlagen. Kein Wunder, daß es in der Branche so viele Nervenzusammenbrüche und Selbstmorde gab. Wer überlebte, ging frühzeitig in Pension. Fred bildete eine Ausnahme. Mit 53 war er einer der ältesten und angesehensten Unterhändler.

»Meine Herren, können wir jetzt anfangen?«

Es war der Chefunterhändler der Ölfirmen. Öl hatte heute turnusmäßig den Vorsitz. Einer nach dem anderen nahm seinen Platz ein. Sie hatten es nicht eilig. Nachdem der Saal abgeschlossen wurde, dauerte es noch mindestens fünfzehn Minuten, bis die elektronischen Spürgeräte ihn für abhörsicher und »Wanzenfrei« erklären würden.

Mit der Schwerfälligkeit des übergewichtigen Mannes ließ sich Fred in den Sessel fallen. Gewohnheitsmäßig übertrieb er etwas. Der Gegner mußte irregeführt werden. Der Beobachter sollte ihn als harmlose, leicht komische Person einstufen. Nun, er hatte ja auch noch nicht miterlebt, wie Fred Willard mit Straßenrowdys und händelsüchtigen Dockarbeitern umzugehen pflegte. Ein blitzschneller Seitschritt, ein Griff, und der Angreifer landete mit dem Kopf auf dem Pflaster. Fred hatte seine Ausbildung nicht in einer vornehmen alten Universität genossen, sondern in den Straßen und Docks von Chicago.

»Ich eröffne die Versammlung!«

Mit einem Seufzer drückte Fred auf drei Tasten seiner Konsole, um seine üblichen morgendlichen Aufmunterer zu ordern. Gleich glitt unter leisem Zischen das Tablett mit dem gotteslästerlichen Trio herbei: ein Glas Orangensaft, eine Tasse schwarzer Kaffee und eine eiskalte Dose Bier. Fred genoß sein Bier erst richtig, wenn er sah, wie seine Kollegen ihre Bloody Marys und Screwdrivers schlürften. Er wußte, daß sein Bierdurst sie verunsicherte. Und ein verunsicherter Gegner gibt sich Blößen.

»Das Wort hat der dritte Unterhändler für Öl.«

Im Geiste stöhnte Fred auf. Diese Hundesöhne! Warum mußten sie ihre verdammt abgefeimten Schachzüge immer am frühen Morgen führen? Je abgefeimter, um so früher! Und dieser Schachzug versprach ein Meisterstück an Gemeinheit zu werden. Sein Gesicht war verkniffen, als er das Tonband anstellte. Er wollte die Ansprache später in aller Ruhe analysieren.

Der dritte Unterhändler für Öl war Judy Simmons, eine attraktive junge Dame frisch aus dem College. Bei ihrem ersten Auftauchen hielten viele sie für die »Begleiterin« eines der Männer und beachteten sie nicht weiter. Diese Illusion war von kurzer Dauer. Sie erwies sich bald als ebenso kalt und gnadenlos wie irgendein Mann ihres Teams. Vielleicht war sie sogar noch kaltblütiger.

Über ihre Vergangenheit war nichts zu erfahren. Nach Freds Ansicht mußte sie einmal einer radikalen Studentengruppe angehört haben. So einer Gruppe, die Geiseln nahm und einen nach dem anderen umbrachte, bis ihre Bedingungen erfüllt wurden. Insgeheim träumten einige Männer noch davon, sie zu sich ins Bett zu ziehen. Aber Fred wäre lieber mit einer Königskobra ins Bett gegangen, als mit Judy Simmons.

»Meine Herren, wie Sie alle wissen, führen wir seit geraumer Zeit simulierte Schlachten gegeneinander – eine Art von Kriegsspiel. Wir haben uns bei Kriegsausbruch auf diesen Modus geeinigt, um die Kosten an Waffen und Gerät sowie die personellen Verluste geringzuhalten. IBM-Gürtelcomputer und Sony-

Kampfanzüge ermöglichen eine Kriegführung ohne die Vernichtung von Menschenleben und Gebäuden. Es genügt jeweils der Nachweis, daß man in der Lage gewesen wäre, den Gegner zu bombardieren und zu töten.«

Während sie unbekümmert drauflosschwatzte, wedelte Fred ruhelos mit seiner Bierdose. Er fragte sich, worauf sie mit ihrem »Nachhilfeunterricht in jüngster Geschichte« hinauswollte.

»Der Einsatz simulierter Waffen geschah unter der Bedingung, daß der jeweilige Benutzer ein wirklich funktionierendes scharfes Modell nachweisen konnte.«

Sie sah von ihren Notizen auf und schenkte der Versammlung ein strahlendes Lächeln.

»Die beiderseitigen Söldner-Streitkräfte haben sich von Anfang an streng an die Regeln gehalten. Das mag zumindest teilweise auf den Umstand zurückzuführen zu sein, daß man bei dem ersten groben Regelverstoß die sofortige Rückkehr zum altmodischen Schießkrieg mit scharfer Munition zu befürchten hatte.«

Gelächter erhob sich. Fred hätte gern gewußt, wer von den Lachern denn schon mal ein Gefecht mit scharfer Munition am eigenen Leibe miterlebt hatte.

»Bisher hat sich das System also bewährt. Es gestattet uns, mit einem Minimum an Kosten unsere Streitigkeiten auszutragen. Doch in letzter Zeit haben wir eine entscheidende Unzulänglichkeit erkannt.«

Fred horchte auf. Hinter dem Aussehen des schläfrigen fetten Mannes verbarg sich ein Computergehirn. Und das begann jetzt zu ticken. Eine Wende in der Politik . . . ursprünglicher Vorschlag nebst Rechtfertigung . . . Rückblick und Analyse. Natürlich war er nicht der einzige, der blitzschnell Schlüsse zog. Eine unheimliche Stille herrschte im Saal, als Judy fortfuhr:

»Es handelt sich dabei um ein logistisches Problem, meine Herren. Zu den grundlegenden Aufgaben militärischer Aufklärung und Spionage gehört das Ausspähen der gegnerischen Versorgung. Wer die Richtung und Menge der feindlichen

Nachschubbewegungen richtig erkennt, kann daraus schließen, wo der nächste Angriff zu erwarten ist, und rechtzeitig Gegenmaßnahmen treffen.«

Einer der kurzgeschlossenen Fernsehschirme auf Freds Konsole leuchtete auf. Ein Kollege wollte ihm eine dringende Mitteilung machen. Er reagierte nicht. Wozu jetzt raten, worauf sie hinauswollte? Sie würde es ja gleich selber sagen. Lieber konzentrierte er sich ganz auf die Sprecherin.

»Wenn die Vorräte begrenzt sind, muß man ständig die berühmte Wahl zwischen Kanonen und Butter treffen. Munitions- und Waffenlager sind eben nicht unerschöpflich. Wer nur eine bestimmte Anzahl Granaten zur Verfügung hat, kann eben nicht in einer Nacht drei verschiedene Ziele angreifen. Man muß sich für eins entscheiden und genau festlegen, wieviel man dafür einzusetzen gedenkt. Mit unserem simulierten Krieg haben wir den Kommandeuren freie Hand gegeben, so oft zu kämpfen, wie sie wollen und wo immer sie es wünschen. Nach Ansicht des Ölkonzerns ist dies der Hauptgrund dafür, daß keine der beiden Seiten den Krieg gewinnen kann. Wir haben ihn zu billig gemacht. Er ist mit Leichtigkeit in die Länge zu ziehen.«

Leises Stimmengewirr erhob sich. Ein paar unterdrückte Flüche wurden hörbar. Judy achtete nicht darauf. Sie sprach schon weiter.

»Offen gesagt, meine Herren, wir haben es satt, daß man uns die immer gleiche Bombe – in Anführungszeichen – hundertmal an drei verschiedenen Orten jede Nacht auf den Kopf schmeißt. Deshalb machen wir folgenden Vorschlag. Um die logistischen Probleme eines wirklichen Krieges naturgetreu nachzuahmen, müssen Verluste an Munition und Gerät in Rechnung gestellt werden. Das bedeutet: nach Abschluß einer jeden Kampfhandlung sind die ›Verluste‹ der Gegner festzustellen. Danach wird auf beiden Seiten die entsprechende Menge an scharfer Munition und echtem Kriegsgerät zerstört. Darüber hinaus muß der Nachschub zur Versorgung der Truppe in Zukunft wirklich zum Kriegsschauplatz hin ausgeführt werden.«

»Herr Vorsitzender!« Ein Unterhändler der Kommunikations-Unternehmen meldete sich zu Wort.

Der Vorsitzende erteilte ihm das Wort, und die Redeschlacht nahm ihren Anfang.

»Dann können wir doch lieber gleich mit scharfen Waffen kämpfen. Ihr Vorschlag schraubt die Kosten unangemessen in die Höhe. Das wird ja mehr als doppelt so teuer wie ein Schießkrieg! Denken Sie doch nur an die notwendigen Kontrollen, Schätzstellen und Buchführungen!«

»Sie vergessen eins!« Ivan ergriff das Wort für Öl. »In einem Schießkrieg gibt es Verluste an Menschenleben. Und wir alle kennen die enormen Summen, die Anwerbung und Ausbildung von Söldnern verschlingen.«

Fred sprang in die Bresche. »Vermutlich haben Sie keinerlei Kostenrechnungen in Ergänzung Ihres Vorschlags zur Hand, oder?«

»Die Kosten, die unser Vorschlag erfordert? Sie hängen einzig und allein von dem strategischen Geschick Ihrer Stabsoffiziere und dem soldatischen Können Ihrer Truppen ab. Und natürlich muß Kommunikation sich darüber schlüssig werden, wieviel Geld man für einen Sieg zu opfern gedenkt.«

»Wieviel Munition hat Öl denn bereits gelagert, bevor man mit dem Vorschlag der Regeländerung herausrückte?«

»Tut mir leid, diese Zahlen sind zur Zeit nicht verfügbar.«

Fred lehnte sich im Sessel zurück. Während die Schlacht rund um ihn tobte, dachte er nach. So war das also. Wenn Öl Munitionsvorräte gelagert hatte, würden sie ihren Vorschlag niemals zurückziehen. Sonst müßten sie ja sämtliche Ausgaben dafür in den Schornstein schreiben. Kommunikation würde bei Annahme des Vorschlags sofort im Hintertreffen liegen. Andererseits lassen wir uns den Sieg nicht abkaufen. Nicht nur Prestige stand auf dem Spiel. Es ging ums nackte Überleben!

Wenn es je durchsickerte, daß Kommunikation aus Angst vor hohen Geldausgaben einen Krieg abgebrochen hatte, würden alle Rivalen über sie herfallen wie Wölfe über ein krankes Stück

Wild. Durch doppelte und dreifache Preissteigerungen würde man den kostenscheuenden Rivalen aus dem Geschäft zu drängen suchen.

Nein, sie konnten nicht einfach nachgeben. Fred dachte an die Rechnungsprüfer. Die jammerten schon über die jetzigen Kriegskosten. Na, die würden sich wundern! Freds einzige Hoffnung war, daß man die Annahme des Vorschlags noch einige Zeit hinauszögern konnte. Mittlerweile mußte Kommunikation sich bemühen, die eigenen Vorräte in höchster Eile zu ergänzen. Sonst würden ihre Truppen bald aus Munitionsmangel überrannt werden.

Ohne die Augen zu öffnen, unterbrach er die Diskussion mit dem Antrag auf Vertagung.

V

Die Bar war erstklassig, trug aber den Stempel ihrer Stammgäste – hohes Militär. Echte Kellnerinnen bildeten die Attraktion. Natürlich machte sich das bei den Getränkepreisen bemerkbar. Aber Soldaten zahlten für Bedienung gern einen Aufpreis. Sie war ihnen lieber als die unpersönliche Servomatic.

Major a. D. Steve Tidwell und sein Freund Clancy saßen wie seit eh und je an ihrem Ecktisch. Er bot einen unvergleichlichen Vorteil. Beide hatten die Wand im Rücken.

»Diese Runde gebe ich aus, Steve!« rief Clancy und fischte in der Tasche nach Kleingeld. »Deine Abfindung reicht ja nicht für ewig.«

»He, Clancy! He, Steve!« Die Kellnerin brachte strahlend die nächste Lage. »Flo hat im Hinterzimmer zu tun. Deshalb bringe *ich* euch die Drinks. Sonst werdet ihr sauer und macht noch Kleinholz aus der Bar.«

»Du bist ein Schatz«, schmeichelte ihr Clancy und steckte ihr einen zusammengefalteten Geldschein in den Blusenausschnitt.

Sie nahm davon keine Notiz, sondern fragte Steve: »Was höre ich da? Du bist gefeuert worden?«

Tidwell starrte steinern die Wand an. Clancy gab der Kellnerin einen Wink. Sie nickte verständnisvoll und zog ab.

»Ernsthaft, Steve, was willst du jetzt machen?«

Tidwell zuckte die Achseln. »Ich weiß es nicht. Wahrscheinlich werde ich mir die Brötchen wieder in einem heißen Krieg verdienen müssen.«

»Wer nimmt dich denn? Falls du es noch nicht weißt: du stehst auf der Schwarzen Liste. Der einzige Schießkrieg findet im Nahen Osten statt, und bei den Ölkonzernen bist du unten durch.«

»Sag das nicht! Vor ein paar Monaten haben sie mir die tollsten Angebote gemacht. Sie wollten mich den Kommunikationen unbedingt abkaufen.«

Clancy schnaufte herablassend. »Vor ein paar Monaten! Selbst wenn's vor ein paar Tagen gewesen wäre! Seitdem sie dir die Papiere gegeben haben, sieht das alles anders aus. Ich wette, die sagen dir nicht mal mehr guten Tag. Wen Kommunikationen rauswirft, den nimmt Öl auch nicht. Darauf kannst du dich verlassen.«

Tidwell betrachtete schweigend sein Glas. Dann nahm er einen kräftigen Schluck. »Du hast völlig recht, Clancy«, sagte er leise. »Aber willst du mir meine Illusionen rauben, bevor ich stinkbesoffen bin?«

»Tut mir leid, Steve«, entschuldigte sich sein Freund. »Ich habe gedacht, du glaubst wirklich an diese Illusionen.«

Tidwell hob sein Glas. »Auf das verrottete Offizierscorps und die verrotteten Mannschaften – der Stoff, aus dem Armeen sind!«

Er leerte sein Glas und bestellte eine neue Runde.

»Wirklich, Steve, du mußt zugeben, daß diesmal nicht deine Soldaten dran schuld waren.«

»Völlig richtig. Aber warum? Weil ich ihnen eine Aufgabe stellte, der sie gewachsen waren: Kanonenfutter zu sein! ›Greift die MG-Stellung an! Greift solange an, bis ich sage Halt!‹ Habe ich verlernt, eine Truppe zu führen, oder ist unser Menschenmaterial schlechter geworden? Weil wir gerade davon sprechen: wer war der Clown, der mit dir auf Wache stand?«

»Maxwell«, sagte Clancy seufzend. »Du wirst es nicht glauben, aber er ist noch einer unserer besten Männer.«

»Da haben wir's! Seitdem die multinationalen Firmen eigene Armeen aufstellen, bekommen wir lauter Superstars als Rekruten. Sie können keinen Befehl ordentlich ausführen und machen sich in die Hosen, wenn geschossen wird. Verdammt noch mal, ich brauche alte Hasen wie dich! Und dazu die Moneten der Multinationalen. Dann könnte ich mir meine Leute selber aussuchen. Natürlich müßten sie richtig bezahlt werden. Je nach Rang 18 000 bis 40 000 pro Jahr. Ich sage dir, mit solcher Truppe würde ich in einem Monat die ganze Welt erobern!«

»Zugegeben. Und was dann?«

»Keine Ahnung. Das ist nicht meine Sache. Ich bin Soldat und kein Politiker. Aber zum Teufel, ich bin auch stolz darauf. Und es beleidigt meinen Sinn für Ästhetik, wenn ich mitansehen muß, was heutzutage im Krieg für strategischer Mist gebaut wird. Mit einer duften Truppe – was könnte man da erreichen!«

»Wir müssen mit dem auskommen, was wir haben. Immer noch besser als die National-Armeen!«

»National-Armeen! Das tut weh! Da brauche ich irischen Whisky!«

Flo ließ sich nicht lumpen. Sie brachte unverzüglich die nächste Lage. Tidwell wollte sie umarmen. Aber darauf war sie bei ihren Gästen gefaßt und entging dem Zugriff beinahe automatisch. Doch Clancy erwischte sie. Er verpaßte ihr einen liebevollen Klaps auf den Hintern. Sie kreischte auf. Dann stolzierte sie wie Marilyn Monroe mit wackelnder Kehrseite davon. Die beiden Männer lachten sich halbtot.

»Na, ein Glück«, sagte Clancy, als sie sich von ihrem Lachanfall erholt hatten. »Allmählich entspannst du dich. Eine Zeitlang habe ich mir wirklich Sorgen um dich gemacht.«

»Du kennst mich, Clancy. Wenn ich genügend irischen

Whisky intus habe, halte ich das schlimmste Gemetzel mit einem Lächeln aus. Aber, Clancy, jetzt komme ich darauf zurück . . . von wegen . . . meine Soldaten seien nicht dran schuld gewesen. Hör mal, da stimmt doch irgendwas nicht!«

Er überlegte: »Wenn meine Männer versagt hätten, wenn meine Angriffstaktik verkehrt gewesen wäre, wenn ich den elektronischen Sperrzaun nicht überwunden hätte, würde ich meine Entlassung in völliger Ruhe akzeptieren. Das ist Berufsrisiko. Aber wegen eines Fehlers gefeuert zu werden, den man gar nicht zu verantworten hatte, das tut weh!«

Er lehnte sich weit zurück. Sein Kopf ruhte an der Wand.

»Und sie konnten an den Kehlkopfmikros keinen Defekt finden?«

»Genausowenig wie bei den beiden vorhergehenden Fehlschlägen. Ich war selber dabei, wie die Techniker die Instrumente auseinandernahmen, jedes kleinste Teilchen, jeden Kontakt prüften – nichts! Und ich habe genau aufgepaßt, kann ich dir sagen. Also war es kein technisches Versagen, sondern ein Versagen des kommandierenden Offiziers, und schon kriegt Stevey-Boy die Papiere.«

»Sag mal, kannst du mir erklären, wie diese Dinger überhaupt funktionieren?«

Im Nu schlug die Stimmung um. Zwar lehnte Tidwell noch immer leicht angetrunken an der Wand, aber sein Körper straffte sich, und seine Augen blickten klar und wachsam.

»Vorsicht, Clancy! Was soll das? Du weißt, daß ich mir einem Arbeitgeber, auch einem gewesenen Arbeitgeber gegenüber keinen Vertrauensbruch leisten kann. Wenn ich das täte, würde ich nie mehr einen Job bekommen.«

Ungerührt von dem Vorwurf seines Freundes nippte Clancy an seinem Glas.

»Das weißt du, und das weiß ich, aber die Ölscheißer wissen es nicht. Ich hab' dir die Frage nur pro forma gestellt, um meinen Urlaubsschein nachträglich zu rechtfertigen. Du weißt ja, wie es zugeht. Ich sag zu meinem Vorgesetzten: ›Wir sind alte Freunde, und man hat ihm gerade den Stuhl vor die Tür gesetzt. Stellen Sie mir für heute abend einen Urlaubsschein aus, und ich mach ihn betrunken – kann sein, daß er dann etwas ausquatscht.‹ Du kennst das doch!«

»Na, auf diese Art hast du wenigstens einen freien Abend.« Tidwell hob das Glas, trank es aus und setzte es klirrend auf den Tisch. »Ganz schön frivol, mein Lieber! Hast du vielleicht eine vernünftige Idee, was ich jetzt anfangen könnte?«

Vorsichtig nippte Clancy an seinem Drink. »Ich weiß nicht, Steve. Der letzte richtige Krieg, bei dem ich dabei war, war der zwischen Rußland und China.«

»Na, gar nicht schlecht! Schön, sie haben bei Kriegsende die Grenzen zugemacht und alle Nachrichtenverbindungen gekappt. Aber in so riesigen Ländern mit so ungeheurer Bevölkerungszahl müßte es doch immer irgendwo bewaffnete Auseinandersetzungen geben.«

»Könnte ohne weiteres sein. Wenn dich ihre Ideologie nicht stört.«

»Pfeif auf Ideologie! Wie gesagt, ich bin Soldat und kein Politiker. Hast du noch einen Draht zum K-Block?«

»Nun . . .«

»Entschuldigen Sie, meine Herren!«

Die beiden Söldner schauten auf. Nicht weit von ihrem Tisch standen drei Männer. Ein Orientale und zwei Europäer. Alle waren wie Geschäftsleute gekleidet und hatten Diplomatentaschen in den Händen.

»Wenn wir Sie vielleicht zu einem privaten Gespräch bitten dürften . . .? Ich glaube, es wäre zu unserem beiderseitigen Vorteil.«

»Das Vergnügen ist ganz auf unserer Seite«, antwortete Tidwell. Er sah Clancy an und hob bedeutungsvoll eine Augenbraue. Clancy blinzelte zurück. Hier wollte ihnen jemand ein Angebot machen!

Als sie an der Bar vorbeigingen, hob Flo bedeutungsvoll den Daumen. Der alte Fliegergruß! Sie wollte ihnen damit bedeuten, daß sie mitbekommen hatte, was im Busch war, und daß sie ihren Tisch bei der Rückkehr wieder einnehmen könnten.

Die drei Männer führten sie in das teuerste Hinterzimmer der Bar – was soviel bedeutete, daß es hier keine Wanzen oder andere unliebsame Überraschungen geben würde. Dafür bürgte die Direktion. Die Wahl des Zimmers steigerte die Hoffnungen der beiden Soldaten. Auf dem Konferenztisch standen bereits eingeschenkte Gläser, und der Orientale bedeutete ihnen mit einer Handbewegung, Platz zu nehmen.

»Erlauben Sie mir, daß ich mich vorstelle. Mein Name ist Yamada.«

Da er seine beiden Begleiter nicht vorstellte, mußte es sich um Leibwächter handeln. Die beiden Söldner musterten sie gewohnheitsmäßig kühl und abschätzend. Dann wandten sie ihre Aufmerksamkeit Yamada zu.

»Ich gehe doch nicht fehl in der Annahme, daß sie Stephen Tidwell sind?« Sein Blick glitt zu dem anderen. »Michael Clancy?«

Die beiden nickten schweigend. Das Sprechen überließen sie ihm vorläufig.

»Stimmt meine Information, daß Sie, Mr. Tidwell, kürzlich von den Kommunikations-Unternehmen entlassen wurden?«

Wieder nickte Steve. Obwohl er sich nichts anmerken ließ, war er beunruhigt. Was hatte Kommunikation getan? Seinen Rausschmiß in der ganzen Stadt bekanntgemacht?

Yamada faßte in die Tasche und holte zwei Umschläge hervor. Er legte sie auf den Tisch und schob sie den beiden Männern zu.

»Jeder Umschlag enthält tausend amerikanische Dollars. Ich bezahle Sie damit für die Zeit, die Sie mir jetzt widmen. Wie auch immer unser Gespräch ausgeht, verlasse ich mich auf Ihr Wort als Offiziere, daß Sie über dieses Gespräch und über seinen Inhalt absolutes Stillschweigen bewahren werden.«

Wieder nickten die beiden Männer zustimmend. Es war die übliche Verhandlungseröffnung. Damit waren sowohl der Söldner wie auch sein Verhandlungspartner gedeckt.

»Sehr gut. Mr. Tidwell, wir möchten Sie gern für 60000 Dollar im Jahr plus Prämien unter Vertrag nehmen.«

Clancy verschluckte sich. Tidwell setzte sich aufrecht.

»60000 . . .«

»Und Mr. Clancy, Ihnen bieten wir einen Vertrag über 45000 Dollar im Jahr. Hinzu kommen selbstverständlich die 18500 Dollar Entschädigung für die notwendige Kündigung bei der Öl-Koalition, als Ausfallentschädigung.«

Beide Männer starrten ihn mit unverhohlenem Staunen an. Clancy erlangte als erster die Beherrschung wieder.

»Mister, Sie klopfen doch hier nicht nur auf den Busch, wie?«

Tidwell fiel ein: »Verzeihen Sie die Frage, aber sind das nicht hohe Angebote, ohne daß Sie unsere Referenzen kennen?«

»Glauben Sie mir, Mr. Tidwell, wir kennen Ihre Personalakten. Von beiden Herren.« Yamada lächelte. »Ich darf Ihnen versichern, daß unser Angebot nicht aus heiterem Himmel erfolgt. Es ist vielmehr das Ergebnis von monatelangen Nachforschungen und Überlegungen.«

»Und was erwarten Sie dafür von uns?« fragte Clancy listig. Er trank, ohne die Augen von dem Orientalen zu nehmen.

»Sie, Mr. Clancy, sind als Adjutant und Berater Mr. Tidwells vorgesehen. Sie, Mr. Tidwell, sollen die letzte Ausbildungsphase einer Elitetruppe leiten und sie später ins Gefecht führen. Dabei haben Sie in allem, was den Einsatz der Soldaten und die Kampftaktik angeht, das letzte Wort.«

»Wem unterstehen die Truppen, und in welchem Gebiet sollen sie eingesetzt werden?«

»Ich vertrete Zaibatsu, eine Gemeinschaft von in Japan angesiedelten Unternehmen. Unser Interesse bezieht sich auf den Krieg Öl gegen Kommunikationen, der zur Zeit im Gange ist.«

»Sie wünschen, daß wir gegen diese Idioten ins Feld ziehen? Mit von uns ausgewählten Männern und unserer eigenen Taktik?« Clancy lächelte. »Mister, dann bin ich Ihr Mann!«

Tidwell achtete nicht auf Clancys Erklärung. »Bevor ich mich endgültig entscheide, würde ich die Truppe gern inspizieren.«

»Das sollen Sie, Mr. Tidwell.« Yamada nickte bekräftigend. »Wir gehen gern auf diese Bedingung ein, weil wir überzeugt sind, daß die Truppe Ihren Anforderungen gerecht wird.«

»Wenn es so ist, bin ich einverstanden. Brechen wir auf?«

Tidwell wollte aufstehen, und Clancy folgte seinem Beispiel. Aber Yamada bat sie, noch Platz zu behalten.

»Da ist noch etwas zu besprechen, meine Herren. Zaibatsu legt im Verkehr mit seinen Angestellten Wert auf absolute Wahrhaftigkeit. Und deshalb muß ich Sie, bevor Sie unser Angebot annehmen, noch auf einen bedeutsamen Umstand aufmerksam machen. Mr. Tidwell, Sie haben in der letzten Zeit verschiedentlich arge Schwierigkeiten mit Ihrem Nachrichtenmaterial. Und Sie, Mr. Clancy, waren ziemlich unglücklich über die Aufträge, die man Ihnen erteilte. Ich darf Ihnen eröffnen, daß hinter beidem niemand anderer als Zaibatsu stand. Unsere Absicht war, Ihnen Ihr bisheriges Arbeitsverhältnis so zu vermiesen, daß Sie eher auf unser Angebot eingehen würden.«

Wieder starrten ihn die beiden Männer mit offenem Munde an. »Aber . . . wie?« brachte Tidwell schließlich heraus.

»Mr. Clancys Vorgesetzter, der ihn ständig in so unvorteilhafte Einsätze schickte, steht in unserm Sold und handelt auf unseren Befehl. Und was das Versagen von Mr. Tidwells Material betrifft . . .« Er sah Steve offen in die Augen. »Als Erklärung möge genügen, daß Kommunikationen zwar das Patent auf die Kehlkopfmikrofone besitzen, sie aber von einem Unternehmen der Zaibatsu-Gruppe herstellen lassen. Das hat mit den hohen Lohnkosten in Amerika zu tun. Wir gestatteten uns ein paar leichte ›Änderungen‹, die durch keine noch so genaue Prüfung zu entdecken sind. Das gab uns die Möglichkeit, Ihren Sprechfunkverkehr nach unserem Belieben zu beeinflussen oder völlig abzuschalten.«

Die beiden Söldner hatten ihr Erstaunen überwunden. Die unerhörten militärischen Möglichkeiten, die sich da vor ihren Augen auftaten, ließen sie jeden Ärger darüber vergessen, daß man sie ohne ihr Wissen manipuliert hatte.

»Soll das heißen, daß Sie alle Nachrichtenverbindungen jederzeit unterbrechen können? Und daß Sie bei Öl eigene Leute in höhere Kommando-Ränge eingeschleust haben?«

»In beiden Armeen sogar. Aber damit endet unsere Überlegenheit nicht. Wie gesagt, sind diese Aktionen von langer Hand vorbereitet. Wir versprechen uns von Ihnen beiden, daß Sie unsere Möglichkeiten zur vollsten Wirkung bringen!«

Mit erzwungener Ruhe trank Tidwell sein Glas leer. Dann erhob er sich und streckte dem anderen die Hand über den Tisch entgegen. »Mr. Yamada, es ist mir ein Vergnügen, für Sie zu arbeiten!«

VI

Mauser wischte sich den Schweiß von der Stirn. Dann beugte er sich wieder über seine Arbeit. Er verstellte die Hochleistungslampe, ergriff das Uhrmacher-Werkzeug und änderte die Kodierung des tragbaren Terminals um eine Winzigkeit.

Ohne das Okular vom Auge zu nehmen, legte er das Werkzeug ab und bewegte die Hand zu der Tastatur am Rand seiner Werkbank. Gewissenhaft gab er die Daten ein. Danach lehnte er sich zurück und seufzte auf. Geschafft. Während er zufrieden sein Werk betrachtete, öffnete und schloß er die Hand, um die Blutzirkulation wieder in Gang zu bringen.

Das tragbare Terminal war ein Kunstwerk. Man konnte es für eine Zigarettendose halten – das war auch die Absicht. Aber wenn man gleichzeitig auf drei bestimmte Punkte drückte, öffnete sich die Metallfüllung im Innern und enthüllte ein äußerst zweckmäßig bestücktes Geheimfach. Da waren im Scharnier zwei Drähte auf Minirollen verborgen. Wenn man sie herauszog, konnte man sie an jedes Telefon anschließen.

Auf der Innenseite des Deckels befand sich ein winziger Bildschirm. Gegenüber lag eine kleine Tastatur mit Zahlen- und Buchstabenknöpfen zur Dateneingabe. Nicht zu vergessen das Daumenschloß.

Sobald die Verbindung hergestellt war, preßte der Agent den linken Daumen auf das Metall-Viereck. Der Print wurde übermittelt und mit dem gespeicherten Print verglichen. Damit nicht genug. Das Instrument prüfte außerdem die Körpertemperatur des Agenten, um zu kontrollieren, ob er am Leben war, und seinen Puls, um festzustellen, ob er sich in normalem oder auffällig erregtem Zustand befand. Falls eine der drei Kontrollen kein befriedigendes Ergebnis erbrachte, trat der Selbstzerstörer in Kraft. Nicht etwa in Form einer Explosion. Nein, ein kleines Thermalrelais verursachte lediglich einen Kurzschluß.

Die Japaner hatten sich bei der Produktion dieser Geräte selber übertroffen. Mauser blieb nur eins zu tun übrig. Vor der Ausgabe an den jeweiligen Agenten justierte er das Gerät noch auf dessen persönliche Codenummer. Das gestattete ihm später, neben den allgemeinen Rundsprüchen, auch persönliche Unterhaltungen mit jedem einzelnen.

Mit stolzem Lächeln betrachtete Mauser das Terminal. Er hatte einen weiten Weg zurückgelegt. Ein reiner Zufall hatte ihn zu Anfang auf diese Bahn gebracht. Auf einer Cocktailparty bot ihm ein Bekannter halb im Scherz eine gewisse Summe für die Beschaffung wichtiger Einzelheiten eines neuen Maschinenmodells, an dem seine Firma gerade arbeitete. Im gleichen scherzhaften Ton lehnte Tom das Angebot ab, wollte dann aber wissen, inwieweit es ernst gemeint war.

Daraus entspann sich ein abendfüllendes Gespräch. Im Laufe der Unterhaltung klärte ihn sein Freund über die kniffligen Probleme der Industriespionage, ihre Gefahren und die hohen Geldsummen auf, die gefordert und bezahlt wurden.

Kurze Zeit später – tatsächlich noch in derselben Woche – machte ihm ein anderer Freund, der jedoch in der gleichen Firma arbeitete, in der Kaffeepause ein Geständnis. Der Mann befand sich in großen finanziellen Schwierigkeiten. Er brauchte so dringend Geld, daß er auch gewisse Risiken auf sich nehmen würde. Tom erzählte ihm von dem Angebot seines Cocktailpartners und erklärte sich bereit, den Vermittler zu spielen.

Das war dann auch seine Rolle bei vielen ähnlichen Transaktionen in den folgenden Jahren. Einige seiner Partner wurden geschnappt und von der Firma entlassen. Er selber blieb, da er nur indirekt beteiligt war, jedesmal unentdeckt. Schließlich war sein Kundenkreis so angewachsen, daß er es sich erlauben konnte, aus der Firma auszuscheiden und seine ganze Arbeitskraft diesem äußerst einträglichen Handel zu widmen.

Wie viele kleinere Unternehmer arbeitete er jetzt weit härter und länger, als er jemals als Angestellter zu arbeiten bereit gewesen wäre. Aber er tat es gern, ja, sogar mit einem Glücksgefühl. Denn er arbeitete aus eigenem Antrieb – und nicht, weil jemand anders es anordnete. Er war sein eigener Herr, und nicht der Mann irgendeiner Firma.

Mauser legte das tragbare Terminal beiseite und reckte sich. Er rollte die bei der kniffligen Arbeit verkrampften Schultern. Es war schon spät. Zeit, um zu Bett zu gehen. Seine Frau wartete auf ihn. Wahrscheinlich verkürzte sie sich die Zeit durch Lesen. Aber auch ihre Geduld würde mal ein Ende haben. Wenn er nicht bald hinaufging, drohte ihm eine Gardinenpredigt. Tatsächlich hatte sie sich schon in der vergangenen Woche mehrmals über seine ständig länger werdenden Arbeitsstunden geärgert.

Aber er konnte sich noch nicht entschließen, ins Schlafzimmer zu gehen. Pfeif drauf, ein paar Minuten länger machten auch nicht die Welt aus.

Er wechselte zum Schreibtisch hinüber und stellte den Bildschirm an, der ihm als Schmierzettel und Notizblock diente. Dabei kam es ihm nicht einen Augenblick in den Sinn, daß seine Frau, des Wartens müde, ins Büro kommen und ihn bei der Arbeit unterbrechen könnte. Sie mochte meckern, schmollen oder schimpfen, wenn er spät heimkam. Aber sie war zu klug, um im Büro seine Kreise zu stören.

Er stellte ein Programm ein, das ihn jetzt schon in seine Träume hinein verfolgte. Das Brasilien-Programm. So nannte er es, obwohl der Name nicht mehr zutraf. Andere Landstriche waren hinzugekommen. Außer Brasilien gehörten jetzt auch Island, Afrika und Arabien dazu. Aber weil es mit Brasilien begonnen hatte, hatte sich ihm dieser Name eingeprägt.

Konzentriert schaute er auf den Bildschirm. Zuerst waren es nur zwei Infos gewesen. Jetzt bedeckten die Infos schon den halben Schirm. Doch der Fortschritt des Programms gab ihm Rätsel auf. Es hatte sich zwar ein Muster gebildet, doch ergab es für ihn keinen Sinn.

Mauser bediente die Kontrolltasten. Alle Informationen blendeten aus. Es blieben nur die Namen der acht Unternehmensgruppen stehen. Er lehnte sich zurück und betrachtete sie. Eine ungewöhnliche Zusammenstellung! Da waren vier Ölgesellschaften, ein Fischereikonzern, zwei Bergwerksgesellschaften und ein Kommunikations-Unternehmen verzeichnet. Was mochten sie gemeinsam haben? Einige waren von internationaler, andere nur von nationaler Ausdehnung. Einige waren in amerikanischer Hand, andere gehörten nach Übersee. Ja, was mochten sie gemeinsam haben?

Stirnrunzelnd berührte Mauser eine andere Taste. Daraufhin ordneten sich die acht Namen paarweise zueinander. Jedes Paar begab sich an eine Ecke des Schirms. Was hatte er jetzt? Die beiden Bergwerksgesellschaften (Afrika), zwei der Ölgesellschaften (Arabien), eine Ölgesellschaft und der Fischereikonzern (Island), schließlich eine weitere Ölgesellschaft und das Kommunikations-Unternehmen (Brasilien) bildeten die vier Gruppen.

Das ergab immer noch keinen Sinn. Um Zusammenschlüsse konnte es sich nicht handeln. Die Interessen der isländischen und brasilianischen Paare waren zu verschieden. Und wenn man den Berichten einschlägiger Wirtschaftsjournale glauben durfte, so waren die beiden Bergwerksgesellschaften in Afrika genauso erbitterte Rivalen wie die beiden Ölgesellschaften in Arabien. Nein, um Zusammenschlüsse konnte es nicht gehen. Wo lag der gemeinsame Nenner der acht Konzerne?

Fast unbewußt huschten seine Hände über die Tastatur. Jetzt erschien die Bezeichnung »K-Block« in der Mitte des Bildschirms und blinkte aufdringlich wie ein pochender Kopfschmerz. Wieder ein Tastendruck, und Linien leuchteten auf. Sie verbanden sämtliche acht Konzernnamen mit der Notation K-Block.

Der K-Block verlangte seit einiger Zeit in gleichlautenden Anfragen folgende Informationen über jede der acht Unternehmensgruppen: *Neueinstellungen und/oder Kündigungen*. Ein weiterer Handgriff, und neue Linien entstanden wie ein Spinnennetz. Eine der Bergwerksgesellschaften und das Kommunikations-Unternehmen verlangten die gleichen Informationen über die sechs Unternehmen der drei anderen Gebiete. Ölkonzern und Fischereikonzern wollten die gleichen Auskünfte über die Paare in Arabien und in Afrika.

Eine günstigere Konstellation konnte Mauser sich gar nicht wünschen. Da dieselben Informationen jeweils zweifach gewünscht wurden, konnte er entweder doppelte Maklergebühren einstreichen oder die Preise wie bei einer Auktion in die Höhe treiben. Dennoch stimmten ihn diese Aussichten nicht fröhlich.

Ob die Gesellschaften über das Interesse des K-Blocks Bescheid wußten, war unbekannt. Dagegen stand fest, daß sie sich untereinander kannten und sich gegenseitig gespannt beobachteten.

Aber weshalb nur? Was war so wichtig an eventuellen Personalveränderungen? Handelte es sich um einen Pool hochspezialisierter Fachkräfte, die zwischen den einzelnen Firmen fluktuierten? Ingenieure vielleicht? Aber Ingenieure gab es wie Sand am Meer, und ständig kamen neue hinzu. Man hatte jederzeit die größte Auswahl. Die vier Gebiete unterschieden sich voneinander in Landschaft und Klima derart kraß, daß es auch nicht darum gehen konnte, an bestimmte Arbeitsbedingungen gewöhnte Personen anzuwerben.

Plötzlich wurde ihm klar, daß er bei seinen Überlegungen wohl einen falschen Weg eingeschlagen hatte. Die Lösung durch allmähliches Ausschließen offenbarer Unmöglichkeiten zu finden, war immer langwierig – und oft wegen der Vielzahl der Ge-

gebenheiten sogar unmöglich. Besser, man verließ sich nur auf die Tatsachen.

Er löschte den Bildschirm und rief alle übrigen Informationsfragen ab, die von den acht Konzernen eingegangen waren. Eine neue Enttäuschung! Nichts fiel aus dem Rahmen des Üblichen. Alles ließ sich auf gewöhnliches Konkurrenzdenken und Karriesucht zurückführen. Wie verbringt ein bestimmter Manager seine Freizeit? Gibt es Insider-Informationen über die nächste Neuheit, die der Rivale auf den Markt bringen will? Ist irgendwo ein neues Werk geplant? In welchem Hotel soll diese oder jene Konferenz stattfinden?

Nichts, was ihn klarer sehen ließ.

Wieder löschte er den Bildschirm. Dann rief er aus dem Programm die Kopie eines bestimmten Zeitungsartikels auf. Das war eine der wenigen handfesten Fakten seiner Sammlung. Er beugte sich vor und las ihn – wohl zum 20. Male.

Daraus ging hervor, daß sein Agent den Treff keineswegs aus Nachlässigkeit versäumt hatte. Er war auch nicht tot. Vielmehr hatte er einen Verkehrsunfall erlitten und lag immer noch im Krankenhaus. Der Artikel aus einer brasilianischen Zeitung beschrieb die näheren Umstände des Unfalls. Nichts daran erschien ungewöhnlich oder auffällig.

Sein Agent hatte vor dem Rot einer Ampel gehalten. Ein anderer Wagen fuhr von hinten auf und schob ihn in den starken Kreuzungsverkehr. Nichts Verdächtiges. Es sei denn der Umstand, daß der Fahrer des auffahrenden Wagens Angestellter einer der beobachteten Konzerne war.

Nochmals las Mauser den Artikel aufmerksam durch. Dann schüttelte er den Kopf. Es konnte nur Zufall sein. Bei dem versäumten Treff war beabsichtigt, Pläne über irgendeine elektronische Einrichtung zu verkaufen, die bei Kommunikationen in Gebrauch war. Der Fahrer, ein gewisser Michael Clancy, war aber Angestellter des Ölkonzerns. Wenn er Wind von dem Treff bekommen hätte, würde er ihn auf keinen Fall verhindert haben. Vielmehr hätte er vielleicht versucht, bei dieser Gelegenheit die

Pläne in seinen Besitz zu bringen – was er nicht getan hatte. Es blieb dabei: ein normaler Unfall. Dieser Clancy war übrigens in seiner Freizeit mit einer Kellnerin herumkutschiert die er irgendwo in einer Bar aufgelesen hatte.

Plötzlich schreckte Mauser auf. Er saß jetzt seit zwei Stunden vor seinem Bildschirm. Seine Frau würde ihn gebührend empfangen! Sei's drum! Einen Punkt wollte er unbedingt noch klären.

Er löschte den Artikel und rief eine weitere Eingabe auf – die Neuanfragen der vergangenen 24 Stunden. Es war eine vom K-Block darunter. Wieder das übliche: Neueinstellungen und/oder Kündigungen von Personal. Aber diesmal war eine japanische Unternehmensgruppe Ziel der Anfrage.

Mauser zog eine Grimasse. Das gefiel ihm gar nicht. Aus mehreren Gründen. Erstens tauchte damit ein verwirrender neuer Faktor in dem bereits komplizierten Rätsel auf, ein neuer Name, ein neues Gebiet. Und zweitens, was noch wichtiger war: Eine der im japanischen Konzern vereinigten Firmen stellte seine tragbaren Terminals her!

Zum erstenmal machte sich Mauser Gedanken um die Sicherheit seines Zerhacker-Systems.

VII

»Eddie, hier ist Pete. Kann ich dich mal kurz sprechen?«

»Komm rein, Pete. Ich hab' dich erwartet!«

Die Tür glitt auf, und Pete trat in Bushs Bürozimmer. Das Wandmuster war heute blau. Es paßte zu Eddies Anzug. Pete sah darüber hinweg und ließ sich in einen der zahlreichen Sessel fallen, die überall herumstanden.

»Okay, Boß, was ist falsch gelaufen?«

»Mit der Konferenz?«

»Ja, mit der Konferenz. Was ist passiert?«

»Du hörst dich an, als seiest du wütend.«

Pete stieß die Luft aus und versuchte sich zu entspannen. »Ein bißchen, ja. Aber mehr ratlos. Ich möchte gern fair sein, habe aber das Gefühl, daß mir ein paar Karten dieses Spielchens verheimlicht werden.«

»Die Konferenz ist gar nicht so schlecht verl . . .«

»Und gut erst recht nicht. Und es ist ja nicht nur die Konferenz. Es sind die ganzen letzten Wochen. Plötzlich hast du es mit dem Projekt überhaupt nicht mehr eilig. Du verschleppst es eher. Ich will wissen, warum. Ich möchte, daß zwischen uns beiden alles klar ist.«

Bush antwortete nicht gleich. Statt dessen stand er auf und ließ sich von der Servomatic eine Tasse Kaffee servieren. Dabei dampfte schon eine Tasse auf dem Schreibtisch. Pete enthielt sich einer Bemerkung dazu. Es war besser, Eddie nicht zu bedrängen, während der sich eine Antwort überlegte.

»Vielleicht bin ich mir nicht mehr so sicher, ob wir das Projekt richtig angepackt haben.«

»Meinst du die Ausarbeitung oder die Grundidee?«

»Beides. Aber hauptsächlich die Grundidee.«

Pete schloß die Augen und sog scharf die Luft ein. Ihr Team hatte sich für dieses Projekt wahrhaftig die Hacken abgelaufen. Aber was nützte das schon, wenn Nummer eins nicht daran glaubte!

»Okay. Fangen wir von vorn an«, sagte Pete. »Wir sind uns doch über eins einig: wenn Nachrichten vom Kriegsschauplatz durchsickern, müssen wir die breite Öffentlichkeit auf unserer Seite haben. Stimmt's?«

»Ganz recht. Und mit den Massenmedien können wir das am schnellsten erreichen.« Eddie sprach fast mechanisch.

»Gut. Um nun die richtige Atmosphäre zu schaffen und für den kritischen Augenblick gerüstet zu sein, schlagen wir einen publizistischen Feldzug vor. Filme, Fernsehspots, Zeitschriften- und Zeitungsartikel über militärische Themen. Alle mit gleicher Tendenz. Nämlich das Recht des einzelnen auf Schutz seines Eigentums – und der Schaden, den die Einmischung des Staates hervorruft.«

»Bitte, da haben wir's ja! Unsere gesamte Strategie basiert auf der Annahme, daß etwas schiefgeht und die Nachrichten, die wir geheimhalten wollen, doch durchsickern. Wie soll man diese Haltung nennen? Bestenfalls eine negativ eingestellte Denkweise. Weniger freundlich ausgedrückt: ein klares Mißtrauensvotum für unsere Sicherheitsmaßnahmen – ja, eine Verletzung der Treuepflicht des Arbeitnehmers. Mit dieser Einstellung können wir unser Programm nie verkaufen.«

Pete versuchte, seine Ungeduld zu verbergen. »Darum stellen wir ja alles unter das Motto: ›Lieber Vorsorge als Katastrophe‹. Aber hör mal, Eddie. Das haben wir doch schon alles durchgesprochen!«

»Und dann die staatliche Einmischung. Wozu den Staat hier reinbringen?«

»Okay, noch mal von vorn. Wenn der Krieg in unserem Lande publik wird, liegt unser Problem nicht in unserem Verhältnis gegenüber dem Ölkonzern. In dieser Hinsicht haben wir eine weiße Weste. Niemand kann uns Unrecht vorwerfen. Wir haben ja nur unser Eigentum verteidigt. Als die Revolution unsere Kupferminen bedrohte, haben wir Söldner zur Verteidigung hingeschickt. Als der Ölkonzern auf die Idee kam, mit eigenen Söldnern unsere Kupferminen selber in die Hand zu bekommen, haben sich unsere Truppen auch gegen diese Bedrohung zur Wehr gesetzt. Was immer wir taten, geschah nur zum Vorteil des Kunden. Wir wollten die Kosten niedrig halten, damit die Preise nicht stiegen. Zum Teufel noch mal, wir bezahlen ja auch lieber Söldner aus eigener Tasche, als daß wir Regierungstruppen anforderten, denn deren Einsatz würde ja wieder das Geld des Steuerzahlers kosten. Damit die Arbeit in den Kupferminen nicht durch Kampfeinwirkung behindert wird, haben wir extra Land in Brasilien gepachtet, auf dem nun die Kämpfe ausgetragen werden. Wenn die Öffentlichkeit unsere Haltung mit der des Ölkonzerns vergleicht, haben wir gar nichts zu befürchten.«

»Ich denke, es war deren Idee, Land in Brasilien zum Kriegsschauplatz zu pachten.«

»War es auch. Aber wir haben den Vorschlag zuerst schwarz auf weiß gemacht. Vor der Geschichte und vor der Presse stehen wir glänzend da. Die anderen sind angeschmiert.«

»Schön und gut, aber was hat das alles mit staatlicher Einmischung zu tun?«

»Wenn der Krieg publik wird, bekommen wir es mit der Regierung zu tun. Du kennst Uncle Sam. Er ist gegen alles, was sich nicht besteuern läßt. Und wo keine Steuern zu holen sind, da mischt er sich ein. Ich halte es für möglich, daß die Regierung einen Kompromiß vorschlagen würde. Der sähe dann so aus: Öl und wir bewirtschaften gemeinsam die Minen. Daraus würde natürlich ein mächtiger Krawall entstehen: bei den Gerichten und im Kongreß. Wenn wir dabei obsiegen wollen, müssen wir die Öffentlichkeit fest auf unserer Seite haben. Dazu wird uns der vorsorgliche Sympathiefeldzug in den Massenmedien verhelfen. Wir entzünden rechtzeitig das Feuer. Kommt es zum großen Kladderadatsch, können wir es mit Leichtigkeit in die gewünschte Richtung blasen. Eddie, das waren deine Worte!«

»Naja, aber . . .«

»In der ersten Woche, als wir uns mit dem Projekt beschäftigten, hast du die Fragen gestellt, und wir haben dir die Antworten geliefert. Ich glaube, es war eine sehr gute Arbeitsgemeinschaft, Eddie. Du warst immer offen und ehrlich, Eddie, auch wenn es uns manchmal nicht schmeckte. Jetzt frage ich dich glasklar: was ist schiefgegangen? Wenn du zum Stillschweigen verpflichtet bist, okay, dann sag es, und ich ziehe mich zurück. Aber verschanze dich nicht hinter einem Rauchschleier!«

Bush antwortete nicht gleich. Er vermied Petes eindringlichen Blick. Endlich seufzte er. »Du hast recht, Pete. Ich hätte dir schon früher reinen Wein einschenken sollen.«

Er öffnete eine Schublade und entnahm ihr einen Stoß von Papieren, die er vor Pete auf den Schreibtisch warf. »Hier, schau dir das an!«

Pete nahm die Papiere hoch und blätterte sie durch. Es waren Fotokopien irgendwelcher Entwürfe. Viele Sätze waren ausgestrichen und andere darübergeschrieben. Was die Entwürfe auch beinhalten mochten, sie waren offensichtlich noch weit von ihrer endgültigen Fassung entfernt.

»Was ist das?«

»Entwürfe von Marcus.«

Pete hob fragend die Augenbrauen.

»Frag mich nicht, wie ich an sie rangekommen bin. Sie müssen auf dem Weg zum Reißwolf zu dicht an einem Fotokopierer vorbeigekommen sein.«

»Hast du auch Entwürfe von Higgins?«

Eddie winkte verächtlich ab.

»Ein paar, aber nicht so viele. Er schlägt vor, sich mit den Ölern zusammenzusetzen und zu beraten, wie man die Kosten senken kann. Mit diesem Vorschlag hat er so viele Chancen wie ein Schneeball in der Hölle. Marcus ist der Mann, den man im Auge behalten muß!«

»Okay. Und wie lautet sein Vorschlag?«

»Er läuft auf einen Kernsatz hinaus. Er sagt, wir müssen eben den Krieg gegen Öl gewinnen.«

»Gewinnen, ja? Einfach so?«

»Na, er führt eine Menge Hintergrundmaterial an. Zunächst geht er von derselben Annahme aus wie wir: auf die Dauer ist der Krieg nicht geheimzuhalten. Aber statt ihn hinterher zu beschönigen, will er ihn vorher siegreich beenden.«

»Erklärt das Wunderkind auch, wie er ihn zu gewinnen gedenkt?«

»Ziemlich ausführlich. Wir müssen den Gegner durch überlegene Feuerkraft schlagen.«

»Sollen wir noch mehr Söldner anheuern? Wir haben schon . . .«

»Nein, wir sollen mehr und bessere Waffen einsetzen. Bisher haben wir doch mit ausrangierten Waffen der Armee gekämpft, die für simulierten Krieg umgearbeitet wurden. Die wirklich neuen Waffen hält die Regierung streng geheim unter Verschluß. Marcus sagt, wir sollten uns direkt an Erfinder und Hersteller wenden und ihnen mehr Geld bieten, als sie von der Regierung bekommen. Es würde uns soviel Vorteil verschaffen, daß wir den Krieg ein für allemal zu unseren Gunsten entscheiden können.«

»Das kostet uns aber ein Vermögen!«

»Nicht so viel, wie du denkst. Marcus deutet an, daß die Waffenfabriken der Regierung oft überhöhte Rechnungen ausstellen. Er meint, daß wir den Preis erheblich senken können, wenn wir wirtschaftlichen Druck auf sie ausüben. Und außerdem – nimm mal Seite 4 aus dem Haufen!«

»Hab' sie.«

»Dies ist ein Dokument, das ihm irgendwie in die Hände gespielt wurde. Offensichtlich hat der Hundesohn seine Verbindungsleute bei den Sitzungen der Unterhändler.«

Pete überlas die Seite.

»Was bedeutet der ›Vorschlag eins zu eins‹?«

»Eine neue Regel, die die Öltypen durchsetzen wollen. Grundsätzlich bedeutet sie, daß die Söldner so viel an Waffen und Gerät, wie bei Verwendung von scharfer Munition im Gefecht draufgegangen wäre, nachträglich zerstören müssen.«

»Das ist doch Wahnsinn!«

»Unser Unterhändler-Team meint, daß die Regel mit 80 % Wahrscheinlichkeit angenommen werden wird. Schätzungsweise würden die Kriegskosten dann auf etwa 50 000 Dollar pro Tag steigen.«

Pete ließ einen anerkennenden Pfiff hören.

»Wenn man sich das vor Augen hält, ist der Vorschlag von Marcus gar nicht mehr so abwegig«, sagte Eddie.

»Und wie stehen wir nun da?«

Eddie schürzte die Lippen. »Das ist ja meine große Sorge. Das Programm von Marcus hat Schwung und einen Funken von Romantik. Es wird die maßgebenden Leute bestimmt ansprechen. Wir sind in der schwächeren Position, falls wir uns entschließen, mit ihm in Konkurrenz zu treten.«

In Petes Kopf schrillte eine Warnglocke. »Sagtest du ›falls wir uns dazu entschließen . . .‹?«

Eddie seufzte. »Eins hab ich dir noch nicht gesagt. Offenbar hat Becker, also Mr. Big selber, mindestens einmal in der Woche, manchmal sogar jeden Tag mit Marcus telefoniert. Becker hat demnach ein persönliches Interesse daran, daß Marcus' Programm angenommen wird. Wir sollten es uns also doppelt und dreifach überlegen, ob wir es uns im Hinblick auf unsere eigene Karriere erlauben können, gegen den Goldjungen anzutreten.«

VIII

Die Klippe hatte die Höhe eines dreistöckigen Hauses und wirkte düster und abschreckend. Abgesehen von etwas trockenem Unkraut, das aus einigen Spalten sproß, fiel die Klippe kahl und senkrecht bis zu dem Felsgeröll an ihrem Grunde ab. Sie bildete ein Hindernis, das auch beherzte Männer veranlasen konnte, nach einem anderen Weg zu suchen.

Der Mann oben auf der Klippe tat nichts dergleichen. Er verlangsamte nicht einmal das Tempo, mit dem er auf den Klippenrand zusprintete. Er sprang, ohne zu zögern, ins Nichts, und die drei Männer hinter ihm folgten ihm unbedenklich.

Sie fielen – zwei Herzschläge lang. Dann zogen sie die Schwerter – die weltberühmten Katauas. Das waren Samurai-Schwerter, jahrhundertelang unerreicht in handwerklicher Vollendung, in der Formschönheit und in der rasiermessergleichen Schärfe ihrer Schneiden.

Beim dritten Herzschlag stürzten sie in das Felsgeröll. Der harte Aufprall zwang einen Mann in die Knie. Mit einer Vorwärtsrolle kam er katzengewandt sofort wieder auf die Füße. Inzwischen wüteten die anderen bereits mit in der Sonne blitzenden Schwertern unter den aufgestellten Strohpuppen. Er jagte ihnen nach, und mit einem Schwerthieb enthauptete er die nächste Puppe.

Die zwanzig Strohpuppen glichen einander vollständig bis auf ein fünf Quadratzentimeter großes Stückchen farbiges Tuch, das einigen auf die Stirn, anderen in den Nacken geheftet war. Fünf waren rot, fünf gelb, fünf weiß und fünf grün.

Bei dem Sturmangriff nahm sich jeder Kämpfer nur die Puppen einer bestimmten Farbe vor. Das zwang ihn zu blitzschneller Zielansprache. Es wurde als Todsünde angesehen, ein Ziel mit falscher Farbe anzugreifen. Denn wer vor dem Zuschlagen sein Ziel nicht richtig erkannte, würde in einem echten Feuergefecht unter Umständen auch Freund und Feind nicht auseinanderhalten.

Der Anführer der Gruppe erledigte seine letzte Puppe, stieß in einer fließenden Bewegung das Schwert in die Scheide und wandte sich um. Dann sprintete er den Weg zurück, der Klippe entgegen, ohne sich im mindesten um die geschwungenen Schwerter der anderen Männer zu kümmern. Etwas später folgten ihm seine Männer. Als letzter stieß der Gestürzte sein Schwert in die Scheide. Er lag schon ein Stück zurück.

Mit Todesverachtung sprangen sie die nackte Felswand an und kletterten scheinbar mühelos mit geschmeidigen Schritten empor. Sie fanden winzige Vorsprünge und Ritzen für Finger und Zehenspitzen, die für das Auge unsichtbar waren. Es war ein langer Anstieg, und der Abstand zwischen den einzelnen Männern wurde allmählich größer.

Plötzlich löste sich unter dem Griff des zweiten Mannes ein faustgroßer Stein und polterte die Klippe hinab. Der Mann unter ihm konnte in letzter Sekunde den Körper zur Seite biegen, so daß der Stein ihn um Haaresbreite verfehlte. Der vierte Mann hatte weniger Glück. Der Stein krachte wie ein Geschoß auf seinen rechten Unterarm. Der Mann verlor den Halt und stürzte fünf Meter tief ins Geröll.

Er landete gewandt auf beiden Füßen und der linken Hand, richtete sich auf und besah sich kurz mit trauriger Miene den gebrochenen Arm. Ein zackiges Bruchstück des Knochens hatte die Haut durchbohrt. Kopfschüttelnd steckte er den verletzten Arm in seine Uniformbluse und begann den Anstieg von neuem.

Unter ihm erschienen Helfer. In größter Eile entfernten sie die Reste der Strohpuppen und banden neue an die dafür aufgestellten Pfähle. Niemand verschwendete einen Blick auf den Mann, der sich an der Klippe hinaufmühte.

Als der einsame Verwundete den oberen Klippenrand erreichte, hatten die Männer unten ihre Arbeit beendet. Der Kletterer sah nicht zurück. Er legte auch keine Pause ein. Er sprang auf die Füße und sprintete davon. Im gleichen Augenblick rasten die nächsten fünf Männer blicklos an ihm vorbei und warfen sich von der Klippe in die Tiefe.

Tidwell drückte die Stopptaste des Videogeräts, und die Gestalten erstarrten mitten im freien Fall. Eine Weile betrachtete er das Bild. Dann stand er auf und schritt langsam über den dicken Teppich seines Apartments. Clancy lag, halb unter einem Stoß Personalakten begraben, auf dem Sofa und schnarchte leise. Tidwell ging an ihm vorbei zum Fenster und schaute auf das im Dunkeln liegende Trainingsgelände.

Hinter ihm öffnete sich eine Tür. Eine junge Japanerin glitt ins Zimmer. Sie trug die traditionelle japanische Kleidung und brachte ein kleines Tablett aus lackiertem Bambusholz mit. Schweigend näherte sie sich Tidwell und blieb dann ruhig stehen, bis er sie bemerkte.

»Danke, Yamiko«, sagte er und nahm den frischen Drink vom Tablett.

Sie verbeugte sich, blieb aber stehen und sah ihn erwartungsvoll an. Er kostete von dem Getränk. Erst jetzt fiel ihm auf, daß sie noch wartete.

»Ich komme bald, Liebling: ›Ich muß noch ein bißchen nachdenken‹. «

Er warf ihr eine Kußhand zu. Kichernd verließ sie das Zimmer. Sobald sie weg war, verschwand das Lächeln von seinem Gesicht wie weggewischt. Langsam ging er zu seinem Sitz, beugte sich über das Gerät und drückte die Rücklauftaste. Als die gewünschte Phase erreicht war, betätigte er den Zeitlupen-Knopf und schaute gespannt auf den Bildschirm.

Sanft schwebten die vier Gestalten zu Boden. Als sie ihn berührten, rückte Tidwell näher, um ihre Beinarbeit genau zu studieren. Sie landeten auf sehr unebenem Grund – Geröll. Ein schwieriger Landeplatz, den sie glänzend meisterten.

Die Beine waren weit gespreizt und entspannt. Die Füße paßten sich genau dem Untergrund an. Ihre unglaublichen Oberschenkelmuskeln wölbten und bogen sich. Sie wirkten als Stoßdämpfer. Und doch war der Aufprall so stark, daß sie fast mit dem Rumpf den felsigen Grund berührten. Im letzten Augenblick fingen sie den Schwung ab.

Tidwell richtete seine Aufmerksamkeit auf den Mann, der im Begriff war zu fallen. Sein linker Fuß traf auf einen kopfgroßen Gesteinsbrocken, der unter seinem Gewicht zur Seite schoß. Der Fuß verkantete, und der Mann schien nach links zu stürzen. Aber indem er absichtlich das rechte Bein tief einknickte, erreichte er eine Gegenbewegung. Dennoch drohte er, aus dem Gleichgewicht gebracht, ins Geröll zu stürzen. Da stieß er sich wie ein Kunstspringer ab und schlug einen vollendeten Salto vorwärts mit der blitzenden Schwertklinge als Achse. Sobald er auf den Füßen stand, rannte er weiter, als sei nichts geschehen.

Tidwell schüttelte ungläubig den Kopf. Der Mann hatte weniger als eine Zwanzigstelsekunde gebraucht. Und da bildete er sich ein, er hätte gute Reflexe!

Das Schwerterspiel mit den Augen zu verfolgen, hatte er aufgegeben. Die Klingen schienen lebende Wesen zu sein und die Männer blutdurstig von einer Puppe zur anderen zu führen.

Jetzt wandte sich der Anführer um. Er wirbelte das Schwert in der linken Hand und stach mit der Spitze in die Richtung seiner Hüfte. Wäre der Stich nur um zwei Zentimeter abgewichen, hätte er entweder das Schwert verloren oder es sich in den Leib gejagt. Aber es fuhr in die Scheide, als könne es sehen.

Tidwell drückte die Stopptaste und starrte die Gestalt auf dem

Bildschirm an. Alter hatte die Haut so straff über die Knochen des asiatischen Gesichts gespannt, daß es den Eindruck eines Totenschädels hervorrief. Dies war Kumo, der alte Sensei (Lehrer), der die Truppe kommandiert hatte, bevor Tidwell und Clancy angeworben wurden.

Nicht ein einziges Mal in der ganzen Woche, während sie die Truppe besichtigten, hatte Kumo auch nur die geringste Gemütsbewegung verraten. Weder Ärger noch Freude – nichts. Er war ein Kommandeur, der seinen Männern das letzte abverlangte, und er führte sie persönlich bei allen Übungen an. Die Klippe war nicht mehr und nicht weniger als Station Nr. 3 in einem Hinderniskurs mir 15 Stationen, den Kumo angelegt hatte. Die Truppe bewältigte den Hinderniskurs jeden Morgen, zum Aufwärmen für die folgenden Übungen. Zum Aufwärmen!

Tidwell ließ das Band schnell bis zu der Stelle laufen, als der vierte Mann sich den Arm brach. Während er sich den Verlauf des Unfalls noch mal ansah, erinnerte er sich an das Ende dieser Episode. Der Mann hatte trotz des gebrochenen Arms den Hinderniskurs bis zum Ziel bewältigt. Aber Kumo war mit seiner erzielten Zeit unzufrieden und schickte ihn noch einmal über den gesamten Kurs. Erst danach durfte sich der Verunglückte zur Behandlung ins Lazarett begeben.

Ja, Kumo leitete eine unbarmherzig harte Schule. Die Ergebnisse rechtfertigten jedoch seine Methoden. Tidwell hatte in den vergangenen Wochen Dinge gesehen, die er nie für möglich gehalten hätte.

Jetzt wechselte er die Kassette aus.

Auf dem Bildschirm erschien ein Mann, der körperlich das genaue Gegenstück zu dem im Hintergrund knienden Kumo bildete. Während Kumo so dünn war, daß er schon schwächlich wirkte, sah dieser Mann aus, als könne er einen Zusammenstoß mit einem schweren Lastwagen ohne jeden Schaden überstehen. Er war klein, aber von mächtiger Breite und ungewöhnlich muskulös.

Mit verbundenen Augen stand er auf einem Platz hartgetretener Erde. Seine Haltung war entspannt, ja, heiter. Plötzlich erschien am Bildrand ein anderer Mann, der mit geschwungenem Schwert auf ihn losstürmte. Als er nahe genug an seinem unbeweglichen Gegner heran war, führte er einen waagerechten Hieb, um den Unglücklichen zu enthaupten.

Im letzten Augenblick duckte sich der Mann mit den verbundenen Augen vor der sirrenden Klinge. Gleichzeitig traf er den anstürmenden Schwertträger voll mit dem Fuß in den Magen. Der Getroffene stürzte zu Boden und wälzte sich vor Schmerzen, während der andere ruhig wieder seinen vorigen Platz einnahm.

Ein dritter Mann kam ins Blickfeld. Er kroch auf allen vieren näher. Offenbar in der Absicht, den verletzten Kameraden vom Feld zu zerren. Aber kaum hatte er den Mann erreicht, der sich auf der Erde wand, als er hoch über ihn hinwegsprang. Mit vorgestreckten Beinen flog er wie ein lebendes Torpedo auf den »Blinden« zu. Der hob im richtigen Augenblick den Unterarm, packte den Angreifer am Bein und warf ihn in die Höhe. Mit dem Kopf voran stürzte der Ärmste auf die Erde.

Der Schwertkämpfer hatte sich zu diesem Zeitpunkt schon wieder erholt. Der Schmerz war schneller vergangen, als man zunächst annehmen mußte. Er rollte sich herum und führte einen hinterlistigen Schlag nach den Beinen des kurzen muskulösen Mannes. Der aber sprang leichtfüßig über das Schwert und rammte dem Liegenden die Ferse ins Gesicht. Der Mann fiel endgültig in sich zusammen. Das Blut stürzte ihm aus den Nasenlöchern.

Ohne den Blick vom Bildschirm zu wenden, rief Tidwell: »He, Clancy!«

Sein Freund auf dem Sofa fuhr hoch und blinzelte schläfrig. Aktenordner plumpsten nach allen Seiten auf den Teppich. »Ja, Steve?«

»Wie bringt der Bursche das nur fertig?«

Clancy verdrehte den Hals, um einen Blick auf das Videogerät zu werfen. Dort griffen jetzt drei Männer gleichzeitig an, zwei unbewaffnet, der dritte mit einer Axt. Der Mann mit dem Tuch vor den Augen parierte und blockte alle Schläge ab und ging dann zum Gegenangriff über, völlig unberührt von der ständigen Todesgefahr, in der er sich befand.

»Oh, das ist ein Beispiel aus der Trickkiste traditioneller alter Kriegsspiele. Der Kampf mit verbundenen Augen. Folgender Gedanke liegt ihm zugrunde: Wenn du einen deiner fünf Sinne nicht gebrauchen kannst – in diesem Fall dein Sehvermögen –, schärfen sich zum Ausgleich die vier anderen Sinne. Obwohl der Mann nichts sehen kann, büßt er dadurch keine seiner kämpferischen Fähigkeiten ein.«

»Hast du schon an derartigen Übungen teilgenommen?«

Clancy schüttelte den Kopf. Er war jetzt wieder völlig wach. »Nicht persönlich. Hab nur manchmal zugesehen. Aber nie so etwas wie dies hier. Diese Burschen sind Spitzenklasse.«

»Und wer ist der Kraftbulle mit dem Tuch vor den Augen?«

Clany blätterte in seinen Akten. »Hier haben wir ihn. Er heißt Aki. Ich will dir nicht alle Schwarzgürtel vorlesen, die er erworben hat. Die Hälfte kann ich sowieso nicht aussprechen. Er ist einer der Gründer des neuen Kults der Kriegsspiele. Den Anstoß dazu gab jener Schriftsteller, der verlangte, die Armee solle sich wieder in den traditionellen alten Kampfarten üben. Als man ihn verlachte, beging er Harakiri.«

Tidwell schüttelte den Kopf. »Wie viele Männer der Truppe gingen aus diesem Kult hervor?«

»Ungefähr 95 Prozent. Für mich immer noch unfaßbar ist die Weitsicht von Zaibatsu. Sie haben diese Gruppen von Anfang an finanziert – das war vor mehr als zwanzig Jahren!«

»Woraus hervorgeht, was der Mensch leisten kann, wenn er zwanzig Jahre lang sechs Tage in der Woche trainiert. Weißt du, daß einige schon als kleine Kinder von ihren Eltern in diesen Künsten unterwiesen wurden? Seitdem sie laufen konnten, haben sie bewaffneten und unbewaffneten Kampf geübt.«

»Ja, ich weiß. Hab' ich dir übrigens schon die heutigen Schießergebnisse gezeigt?«

»Erspare es mir!«

Aber Clancy war schon aufgesprungen und auf dem Weg zu seiner Brieftasche. Über die Schulter berichtete er: »Sie schossen heute mit Springfields. Das altmodische Verschlußmodell. Entfernung 500 Meter.«

Tidwell seufzte. Die Berichte vom Schießstand langweilten ihn. Immer dasselbe. Aber Clancy war ein Schußwaffenfanatiker.

»Sieh dir das an! Das sind die zehn schlechtesten.« Er hielt Tidwell einen Stoß Fotos hin. Auf jedem Foto sah man als Zielscheibe die Silhouette eines Mannes. Und jede Figur wies mitten auf der Brust ein kleines unregelmäßig geformtes Loch auf.

»Du wirst keine Schußserie finden, deren Einschußlöcher nicht mit einer Münze abzustecken sind. Wie gesagt, das hier sind die schlechtesten.«

»Ihr schießt Fünferserien, stimmts?«

Clancy lachte kurz auf. »Was anderes läßt Kumo gar nicht zu.«

»Welcher Anschlag?«

»Liegend, nicht aufgelegt.«

Tidwell schüttelte ungläubig den Kopf. »Ich sage dir, Clancy, ich habe so etwas wie diese Burschen noch nie erlebt. Es ist meine feste Meinung, daß jeder einzelne von ihnen, Mann für Mann, mit einer Hand uns beide zusammen erledigen könnte. Sogar . . .« er deutete mit dem Daumen auf die Gestalten im Videogerät, » . . . mit einem Tuch vor den Augen.«

Auf dem Schirm war gerade zu sehen, wie ein Mann mit einem Speer den »blinden« Aki zu erstechen versuchte. Er erlitt kläglich Schiffbruch.

Clancy nahm einen Schluck aus Tidwells Glas. »Und du hältst trotzdem noch an deiner Entscheidung fest? Du willst unseren Kriegseintritt wirklich um zwei Monate verschieben?«

»Nun schau mal, Clancy . . .«

»Ich will ja gar nicht darüber diskutieren, sondern nur mal nachfragen.«

»Die Truppe ist noch nicht kampfbereit. Sie sind reine Einzelkämpfer. Ein erstklassig ausgebildeter Sauhaufen bleibt ein Sauhaufen.«

»Was hat Kumo dazu gesagt? Schließlich hast du dich damit über seine Entscheidung hinweggesetzt.«

»Als er dieses frühe Datum festsetzte, war er wohl von den angekündigten neuen Superwaffen fasziniert. Außerdem ist er in dem Glauben aufgewachsen, der Krieg sei ein spannendes Abenteuer – für den einzelnen.«

»Du, die neuen Waffen haben es aber wirklich in sich, oder?«

»Ob Superwaffen oder nicht, die Männer müssen noch Teamarbeit lernen, ehe ich sie erfolgreich in den Kampf schicken kann. Man hat mir freie Hand bei der Truppenaufstellung und bei der Kampftaktik gelassen. Und bei Gott, diesmal ziehe ich nicht eher in die Schlacht, ehe nicht alles bis zum i-Tüpfelchen stimmt. Mir egal, ob das noch zwei Monate oder zwei Jahre dauert.«

»Aber Kumo . . .«

»Kumo und ich haben den gleichen Arbeitgeber, und der hat mich zum Chef gemacht. Wir treten in den Krieg ein, wenn ich den Befehl dazu gebe.«

Clancy zuckte die Achseln. »War nur 'ne Frage, Steve. Kein Grund zur Aufregung. Hallo . . . könntest du das mal zurückspulen?«

Er zeigte, plötzlich munter geworden, auf den Bildschirm. Tidwell tat ihm den Gefallen und drückte die Stopptaste. Auf dem Schirm waren zwei Männer im Begriff, mit Schwertern aufeinander loszugehen. Im Hintergrund waren Clancy und Tidwell zu erkennen. Zwischen ihnen stand Kumo.

»Wie weit soll ich es zurückspulen?«

»Bis dahin, wo du die Vorführung unterbrichst!«

Tidwell tat es.

Die Vorführung begann erneut. Vorsichtig umkreiste ein Messerkämpfer den ruhig stehenden Aki. Plötzlich erschien Tidwell, gefolgt von Clancy, im Bild. Bis dahin hatten sie die Vorführung außerhalb des Kamerabereichs verfolgt. Schließlich konnte Tidwell seine Unzufriedenheit nicht länger unterdrücken. Er trat vor und hob die Hand als Haltsignal.

Dann bedeutete er dem Mann mit dem Messer, den Kampfplatz zu verlassen, drehte sich um und winkte zwei bestimmte Männer zu sich heran. Durch leicht verständliche Zeichen erklärte er, was er von ihnen verlangte.

»Ja, das wollte ich noch mal sehen. Damn, du bist wirklich gut, Steve. Mein Gott, wie hätte ich mich wohl angestellt, wenn ich den Burschen die Sache nur durch Gesten hätte begreiflich machen sollen? Davon mußt du mir mal bei Gelegenheit was beibringen. Du hast dich viel mit der alten Indianer-Zeichensprache beschäftigt, nicht wahr? Steve?«

Er bekam keine Antwort. Clancy löste sich vom Bildschirm und warf einen Blick auf Tidwell. Der starrte fasziniert auf das Bild. Jeder Muskel an ihm war plötzlich in Bereitschaft – nicht angespannt, aber bereit zu kämpfen.

»Was ist los, Steve? Hast du etwas Bestimmtes entdeckt?«

Wortlos stoppte Tidwell das Band, spulte es zurück und ließ es wieder ablaufen.

Wieder zog der Messerheld seine Kreise. Wieder erschienen die beiden Söldner auf der Bildfläche. Da drückte Tidwell auf die Stopptaste, und die Szene gefror.

Er erhob sich und ging langsam auf den Schirm zu. Dann blieb er stehen und nahm nachdenklich einen Schluck. Sein Blick haftete weder auf Aki noch auf dem Messermann. Er starrte wie gebannt auf Kumo im Hintergrund. Auf den alten Sensei, dessen Gesicht noch nie die leiseste Gemütsbewegung verraten hatte.

In dem Augenblick, als die beiden Amerikaner vortraten, um die Vorführung zu unterbrechen – in der Zehntelsekunde, als Kumo Tidwells Rücken sah –, zeigte die Kamera Kumos von unbändigem Haß verzerrtes Gesicht.

IX

Mit einer Handbewegung schnitt Fred Willard die Dankesbeteuerungen des Kellners ab. Fred gab regelmäßig überhöhte Trinkgelder. Das kam, weil er sich noch lebhaft an seine Studentenjahre erinnern konnte, während derer er häufig als Page oder Laufjunge gejobbt hatte.

»Unglaublich, daß du für die einfachsten Dienstleistungen richtige Bestechungssummen zahlst.«

»Hast du schon mal zwölf Stunden lang hintereinander als Kellner gearbeitet, Ivan, alter Freund?«

»Allerdings, das habe ich. Und der Lohn für die gesamte Zeit betrug weniger als das Trinkgeld, das du dem Mann eben in die Hand gedrückt hast. Aber ich will nicht schon wieder Streit anfangen, mein Freund. Ich wollte nur darauf hinweisen, wie anders man hier mit Geld umgeht – als in meinem Heimatland.«

»Du bist aber jetzt in Amerika!«

»Ja, natürlich. Also verzeih bitte. Ich habe dich nicht angreifen wollen. Bitte, laß uns nicht im Streit auseinandergehen.«

»Kann mir nur recht sein.«

Fred stand auf. Er wollte gehen. Noch immer sah man ihm den Ärger an. Dann fiel ihm ein, wie merkwürdig Ivans letzte Bemerkung geklungen hatte. Wirklich sonderbar. Zum erstenmal hatte Ivan sich dafür entschuldigt, daß er Fred beleidigt hatte. Normalerweise beleidigte er ihn mit Wonne. Aber Ivan hatte sich schon den ganzen Abend sonderbar benommen – oder vielmehr den ganzen Tag.

Fred war gewöhnt, seine Gegner genauer zu beobachten als seine Freunde. Er prägte sich ihre Eigenheiten, Ticks und Vorlieben ein. Einfach alles, was ihm bei einer späteren Auseinandersetzung einmal zum Vorteil gereichen konnte. Im Rückblick auf Ivans heutiges Verhalten hätte Fred ein Monatsgehalt darauf verwettet, daß Ivan Kramitz Sorgen hatte. Was für Sorgen mochten es sein?

Er blieb stehen und zündete sich eine Zigarette an. Sofort

stand Ivan neben ihm. »Bitte, Fred. Kann ich ein Stück mit dir gehen?«

»Gern. Ich will zurück in mein Hotel. Komm mit! Ich spendiere dir einen Drink. Es ist gleich auf der anderen Seite des Parks.«

Fred setzte sich in Bewegung, und Ivan blieb an seiner Seite. Schweigend verließen sie das Restaurant. Fred wartete geduldig ab, als sie die Straße überquerten und den Weg durch den Park einschlugen. Die Geräusche der nächtlichen Stadt drangen wie durch einen Filter an sein Ohr. Im tiefen Schatten der Bäume wirkten sie unwirklich auf ihn.

»Fred, wir treffen uns jetzt seit zwei Monaten regelmäßig privat beim Essen. Ich habe den Eindruck, daß wir uns bei unseren Gesprächen besser kennengelernt haben als auf den offiziellen Konferenzen. Was meinst du?«

»Glaub ich auch. Los, du Hundesohn, spuck es aus! Was hast du auf dem Herzen?«

»Ich möchte dich um einen persönlichen Gefallen bitten.«

Aha! Fred spitzte die Ohren. Das klang fast so, als hätte er seinen Rivalen endlich da, wo er ihn haben wollte. Es gab doch nichts Schöneres als die Gelegenheit, einen Gegner über den Tisch zu ziehen.

»Was hast du für ein Problem?«

»Es geht um meine Tochter. Ich habe vor kurzem die Nachricht erhalten, daß sie am Leben ist . . . aber ich eile voraus. Du mußt wissen, daß mir bei meiner Flucht . . . als ich mein Heimatland verließ, mitgeteilt wurde, meine Frau und meine Tochter seien umgebracht worden. Jetzt bekam ich auf Schleichwegen die Nachricht, daß sie am Leben ist und bei Freunden wohnt. Aber sie schwebt ständig in Gefahr, von den Behörden aufgespürt zu werden. Deshalb möchte ich sie unbedingt zu mir nach Amerika holen.«

»Hast du bei Öl darüber gesprochen?«

»Ja, aber sie können mir nicht helfen. Sie sagen, ich sei noch nicht lange genug in der Firma.«

»Diese Schweinehunde!«

»Ich habe etwas gespart, aber es reicht nicht. Die sagen, in sechs Monaten könnten sie mir einen Kredit geben. Aber ich habe Angst, so lange zu warten. Von meinen Kollegen will mir keiner helfen. Ich bin nicht sehr beliebt – wegen meines schnellen Aufstiegs. Da dachte ich, daß du vielleicht . . .« Er brach ab.

Freds Gedanken jagten sich. Natürlich würde er Ivan unter die Arme greifen. Wenn Kommunikationen kein Geld herausrückten, würde er aus eigener Tasche zahlen. Eine so gute Gelegenheit durfte man nicht verpassen. Die große Frage war: was konnte er dafür von Ivan als Gegenleistung erwarten? Wahrscheinlich würde es ihm gelingen, von Ivan eine große Gefälligkeit zu bekommen. Dann würden die Öler bald merken, daß ihr Unterhändler Nr. 2 sie verriet. Aber der eine Verrat würde ja genügen, wenn er danach seine Trümpfe richtig ausspielte . . .

»Ich will dir mal was sagen, Ivan . . .«

»He, ihr beide! Raus mit dem Geld!«

Die beiden Männer fuhren herum. Hinter ihnen stand ein junger Bursche. Entweder war er ihnen heimlich gefolgt, oder er hatte im Gebüsch gelauert. Seine Stimme war fest, aber die Pistole in seiner Hand zitterte bedenklich.

»Nun los! Her damit!« Die Stimme des Jungen kickste.

»Ruhig, Junge, wir sind ja schon dabei.«

Fred faßte absichtlich langsam nach der Brieftasche. Einen Messerstecher hätte er zu überwältigen versucht. Aber er hatte einen gesunden Respekt vor Feuerwaffen, besonders wenn sie sich in der Hand nervöser Amateure befanden.

»Nein!« rief Ivan. Alle drei erstarrten.

»Was sagen Sie da, Mister?«

»Um Gottes willen, Ivan . . .«

»Ich habe nein gesagt!« Und Ivan ging drohend auf den Straßenräuber zu. »Mein ganzes Leben lang mußte ich mich rumkommandieren lassen! Jetzt ist es genug!«

»Bleiben Sie stehen!«

»Nicht, Ivan!«

Fred mußte schnell handeln. Seine Gedanken überschlugen sich.

»Sie haben kein Recht, mir . . .«

Mündungsfeuer flammte auf. Wie eine Explosion dröhnte der Abschußknall durch die Nacht.

Ivan taumelte zurück. Scheiße! Fred warf die Brieftasche dem Schießwütigen ins Gesicht. Instinktiv hob der Junge die Hände und kniff die Augen zu. Da fiel Fred schon über ihn her.

Freds Angriff sprach allen erprobten Regeln Hohn. Mit einer seiner Riesenpranken schlug er dem Jungen die Waffe aus der Hand. Mit der anderen packte er ihn am Kragen, hob ihn hoch und schleuderte ihn auf den gepflasterten Weg. Der Junge stieß einen Schmerzensschrei aus und bäumte sich auf. Dann brach sein Schrei ab. Mit zwei Boxhieben hatte Fred ihn ins Land der Träume geschickt.

Schweratmend bückte er sich nach der Pistole, richtete sich auf, trat einige Schritte zurück und wandte sich zu Ivan um. Der lag bewegungslos am Boden, und unter seinem erschlafften Körper bildete sich rasch eine große Blutlache. Fred beugte sich tief zu ihm hinab, Ivans Augen starrten ihn blicklos an.

Scheiße! Und so verdammt dicht vor dem Ziel!

Einen Augenblick verspürte Fred den unwiderstehlichen Drang, den bewußtlosen Straßenräuber mit dem Fuß zu treten.

Du Hurensohn! Du hast alles kaputtgemacht!

Er fluchte immer noch, als er zweieinhalb Stunden später das Polizeirevier verließ. Fast eine halbe Stunde hatte es gedauert, bis er überhaupt einen Cop auftrieb, ein glänzendes Zeugnis für die Unzulänglichkeit des Polizeisystems. Jetzt war die Leiche weggebracht, der Todesschütze saß sicher in einer Zelle, und Fred hatte nichts mehr in den Händen.

Scheiße! So ein blödsinniger Zufall! Ausgerechnet in dem Augenblick, als Ivan im Begriff war, sich ihm auszuliefern! Jetzt mußte er bei einem anderen Öl-Unterhändler wieder ganz von vorn anfangen.

Na ja, vielleicht doch nicht ganz von vorn. Mensch, Fred, denk nach! Du verstehst es doch, aus jeder Situation Vorteil zu ziehen. Warum nicht aus dieser? Denk nach!

Er achtete nicht auf das Angebot eines Taxifahrers, sondern machte sich zu Fuß auf den langen Weg zu seinem Hotel. Gedankenverloren legte er eine Strecke von acht Blocks zurück. Plötzlich blieb er wie angewurzelt stehen. Eine Idee war ihm durch den Kopf geschossen. Im Geist prüfte er sie von allen Blickpunkten. Dann schaute er sich um und rannte eilig einen halben Häuserblock zurück. Dort stand eine Telefonzelle.

Er suchte eine Weile nach Kleingeld, fand die passende Münze, warf sie ein und wählte.

»Mark? Fred hier. Ich hab einen heißen Auftrag für dich . . . Das ist mir doch egal . . .! Mensch, schmeiß sie aus dem Bett, das hier ist wichtiger . . . Allright, du gehst ins Polizeirevier und hinterlegst eine Kaution für den Straßenräuber, der eben Ivan niedergeschossen hat . . . Ganz recht, Ivan Kramitz . . . Ja, er ist tot . . . Ich hab' jetzt keine Zeit für lange Erklärungen. Du gehst hin und holst den Kerl raus! Geld spielt keine Rolle – Hauptsache, du holst ihn raus. Und Mark, mach kein Geheimnis daraus, in wessen Auftrag du handelst . . . Richtig, ich sagte, mach kein . . . genau, laß sie wissen, daß du für Kommunikationen arbeitest . . . Keine weiteren Erklärungen. Mach endlich!«

Als er den Hörer aufgehängt hatte, lehnte er sich gegen die Wand und stelle sich den Verlauf der morgigen Konferenz vor. Er lächelte, aber es war kein angenehmes Lächeln.

»Das Unterhändlerteam von Öl beantragt zu protokollieren, daß wir nur unter Protest an der heutigen Sitzung teilnehmen. Wir sind enttäuscht und schockiert über die Tatsache, daß Kommunikationen auf der Fortführung der Verhandlungen bestehen, obwohl unser Team den tragischen Tod eines Kollegen beklagt. Hoffentlich haben Sie wenigstens so viel Anstand, die Sitzung kurz zu halten, damit wir der Bestattung heute nachmittag beiwohnen können.«

Starke Zustimmung von der Öl-Seite.

»Wir danken dem Ersten Unterhändler von Öl für seine Ausführungen. Sie werden gebührend ins Protokoll aufgenommen. Ich erteile das Wort nunmehr dem Dritten Unterhändler von Kommunikationen.«

»Danke, Mark.« Fred erhob sich und wandte sich an die Versammlung:

»Ich darf ihnen versichern, daß ich mich so kurz wie möglich fassen werde. Ivans Tod gestern abend war ein schwerer Schlag für das Öl-Team. Wir teilen Ihre Trauer. Wir werden Ivan alle vermissen. Aber, Gentlemen, fassen Sie seinen Tod bitte als ein weiteres Beispiel für die Wechselfälle des Krieges auf!«

Unruhe im Öl-Team.

»Sie haben in Ihrem Eins-zu-Eins-Vorschlag dargelegt, daß Logistik und Verlustrechnung integrale Bestandteile militärischer Strategie sind. Wenn dem so ist, dann gehören auch Attentate und Mordanschläge dazu!«

»Wollen Sie damit sagen, daß Sie den Mord an Ivan angestiftet haben?«

Fred schenkte dem Zwischenrufer ein mildes Lächeln.

»Ich habe nichts dergleichen gesagt. Ich habe nur darauf hingewiesen, daß Attentate auf wichtige Schlüsselpersönlichkeiten ebenso zum Kriegsgeschehen beitragen wie der Transport von Munition. Deshalb stellt Kommunikationen einen Zusatzantrag zu Ihrem Eins-zu-Eins-Vorschlag. Um ein möglichst realistisches Kriegsbild zu schaffen, haben sämtliche Schlüsselfiguren beider Parteien jederzeit Kampfanzüge zu tragen und sind denselben Regeln unterworfen wie die Söldner. Wer Wirklichkeitsnähe verlangt, soll sie haben – so echt wie möglich! Wenn nicht, so lassen Sie uns beide Vorschläge vergessen. Gentlemen, die Zeit der Entscheidung ist gekommen – so oder so!«

X

Männer und Frauen der Streitkräfte knieten in der traditionellen Schülerhaltung: mit steifem Rücken und die Hände offen auf den Oberschenkeln ruhend. Äußerlich entspannt schienen sie den üblichen Morgeninstruktionen zu lauschen.

Doch an diesem Morgen war manches anders als sonst. Auf der erhöhten Lehrerplattform saßen ein Dutzend Würdenträger des Zaibatsu-Konzerns. Auf dem Dienstplan stand auch keine Instruktion, sondern die feierliche Kommando-Übergabe von Kumo an Tidwell.

Tidwell war ebenso nervös wie gelangweilt. Lange Reden pflegten ihn zu langweilen, besonders wenn er das Hauptthema der Redner war. Nervös aber war er wegen der Aussicht, jetzt zum erstenmal als Kommandeur eine Ansprache an seine Truppen zu halten.

Die Reden wurden – wie alle Instruktionsstunden – in englisch gehalten. Fließende Beherrschung der englischen Sprache war eine Vorbedingung beim Eintritt in die Streitkräfte. Das machte die Zeremonie jedoch nicht kurzweiliger.

Er preßte die Lippen aufeinander und schaute zur Plattform. Da saßen die hohen Tiere des Konzerns, mit ausdruckslosen Gesichtern aufmerksam lauschend, und einer sah wie der andere aus. Wenn er in seinem neuen Rang etwas lernen mußte, so war es das undurchdringliche Gesicht des Asiaten. Sie sahen mit Verachtung und heimlicher Schadenfreude auf den Abendländer herab, weil er durch Gesten und Ausdruck allzuschnell seine Gefühle verriet. Der Schlüssel zum Osten hieß: Selbstkontrolle, und die mußte bei ihm selber beginnen.

Er drehte ein wenig den Kopf zur Seite, um einen Blick auf Clancy zu werfen, der in Hab-acht-Stellung hinter ihm stand. Das war das westliche Gegenstück zur östlichen Undurchdringlichkeit: der Soldat! Aufrecht, Blick geradeaus, das Gesicht eine starre Maske. Hinter dieser Maske waren Clancys Meinungen und Gefühle so wohlverborgen, daß sogar Tidwell ihm nicht ansah, was er dachte. Plötzlich merkte Tidwell, daß er wahrscheinlich der einzige auf der Plattform war, der noch Leben verriet. Schuldbewußt wollte er den Blick wieder starr geradeaus richten, als seine Augen Kumo streiften.

In seinen traditionsreichen Gewändern bot Kumo einen prächtigen Anblick. In der Schärpe steckte, in einem für westliche Augen ungewohnten Winkel, ein Samuraischwert. Tidwell hatte sich sagen lassen, daß es seit über fünfzehn Generationen im Besitz von Kumos Familie war.

Er trug die Waffe mit einer fast religiösen Verehrung. Ihre Geschichte war älter als Tidwells Stammbaum, und sie schien von einer blutigen Aura umgeben. Wer jemals eine Waffe mit großer Vergangenheit besessen hat, wird nie wieder leugnen, daß Waffen eine eigene Seele besitzen, daß ihnen etwas von der Seele aller Männer anhaftet, die sie je getragen haben und die unter ihren Streichen tot in den Staub sanken.

Tidwell schreckte aus seinen Gedanken auf. Der Redner entfernte sich vom Mikrofon und schaute ebenso wie alle Männer auf dem Podium erwartungsvoll zu ihm herüber. Offensichtlich war er an der Reihe. Er hatte die Ankündigung überhört.

Während er sich langsam erhob, ordnete er seine schweifenden Gedanken. Er ging nicht ans Mikrofon, sondern trat an den vorderen Rand der Plattform, um die Streitkräfte direkt anzureden. Ein kurzer Windstoß ließ die Uniformen seiner Zuhörer flattern – sonst rührte sich nichts.

»Die Geschichte lehrt uns, daß Japan seit eh und je die besten Kämpfer der Welt hervorgebracht hat. Die erfolgreichen Schlachten der Samurai sind legendär geworden.«

Nicht die geringste Reaktion unter den Männern. Tidwell gab sich innerlich einen Ruck. Jetzt ging es erst richtig los!

»Die Geschichte lehrt uns aber auch, daß Japan stets die schlechteste Armee der Welt besaß!«

Die Männer schienen zu versteifen. Ihre Gesichter waren unbeweglich.

»Japans Armee blieb der Erfolg versagt, weil die Soldaten zwar gute Einzelkämpfer waren, aber keine funktionierende Truppe bildeten. Bei euren Kriegsspielen übt ihr die perfekte Zusammenarbeit von Muskeln, Nerven und Gelenken. Undenkbar wäre es, in den Kampf zu gehen, wenn Arme und Beine unkontrolliert für sich arbeiteten.«

Er spürte, daß seine Logik sie gegen ihren Willen überzeugte.

»Und genauso ist es bei einer Armee. Sie kann nur Siege erringen, wenn ihre Männer und Frauen koordiniert zusammenwirken.«

Damit hatte er seinen Standpunkt dargelegt. Zeit, ein bißchen Öl auf die Wunden zu gießen.

»Jeder Kulturkreis entwickelt seinen besonderen Kampfstil. Ich will hier nicht darüber streiten, welcher Stil der bessere ist. Jeder paßt zu seiner Zeit und an seinen Ort. Es muß nur von Fall zu Fall entschieden werden, welche Kampfart in einer bestimmten Situation anzuwenden ist. In unserem Fall haben die Manager von Zaibatsu bereits entschieden, als sie mich dazu bestimmten, euch auszubilden und in den Kampf zu führen.«

Und jetzt der Knüller!

»Wir werden in einen hochtechnisierten Krieg eingreifen. Um den Sieg zu erringen, müßt ihr alle eure Vorstellungen von Vaterland und Ruhm über Bord werfen. Ihr seid genau wie ich Söldner. Ihr kämpft im Auftrag des Zaibatsu-Konzerns. Ich werde euch eine Kampftechnik und Denkweise lehren, die in vielen Dingen allem, was euch bisher beigebracht wurde, widerspricht. Ihr werdet Zeit brauchen, um euch mit dem Neuen vertraut zu machen. Deshalb habe ich angeordnet, daß der Tag des Kriegseintritts um zwei Monate verschoben wird.«

»Ich widerspreche, Mr. Tidwell!«

Die Stimme war ruhig, sie klang fast sanft. Aber die Worte drangen bis in die entfernteste Ecke des Platzes. Von einer Sekunde zur anderen war die Atmosphäre elektrisch geladen. Kumo sprach!

»Ich widerspreche allem, was Sie sagen.«

Es war soweit! Die Herausforderung! Der Fehdehandschuh!

Langsam wandte sich Tidwell seinem Angreifer zu.

Zwar klang Kumos Stimme höflich und weich wie eine Freundschaftserklärung. Aber allein die Tatsache, daß er Tidwell unterbrochen hatte, barg für Asiaten unerhörten Zündstoff – ganz zu schweigen von seinem Widerspruch. Kein abendländischer Rekrutenfeldwebel hätte mehr Eindruck erzwingen können, wenn er sich die Seele aus dem Leibe schrie.

»Im Gefecht kann man nicht überlegen«, fuhr Kumo fort. »Es geht viel zu schnell. Wer stehenbleibt und sich Gedanken über richtige Koordinierung macht, verliert die Schlacht, bevor er zu einem Entschluß kommt. Durch unser Training sind wir so weit, daß jeder Körperteil gleichsam einen eigenen Geist, ein eigenes Auge entwickelt hat. Unsere Kämpfer schlagen blitzartig zu, wo sich die geringste Blöße bietet. Meine Ausbildung hat jeden Mann zu einer selbständigen Kampfeinheit gemacht. Er ist fähig, mit jeder Situation allein fertig zu werden. Er hat es nicht nötig, erst Verbindung mit seinem Vorgesetzten aufzunehmen. Ihn hemmt keine langsame Suche nach einem Entschluß. Was Ihren ›hochtechnisierten Krieg‹ betrifft, so bietet er meinen Männern keinerlei Schwierigkeiten. Sie finden sich in jede Lage und bewältigen sie. Sie aber begreifen das nicht, und das verrät Ihre völlige Unerfahrenheit im Krieg.«

Tidwell warf den Konzernherren einen Blick zu. Niemand machte Miene, zu seiner Unterstützung einzugreifen. Er stand allein. Sie warteten ab. Sie wollten die beiden den Streit allein austragen lassen.

»Soll ich das so verstehen, daß Sie meine und Mr. Clancys Führungseigenschaften anzweifeln?« Er bemühte sich, so gelassen zu sprechen wie Kumo.

»Ich habe mich klar ausgedrückt. Sie sind gerade zwei Wochen hier und glauben schon, sich ein fachmännisches Urteil über die Streitkräfte erlauben zu dürfen. Sie wollen alles umändern. Und sie erwarten Gehorsam von den Streitkräften, weil der Konzern es so will. Das ist kindisch. Nur der kann eine kämpfende Truppe führen, der ihr Vertrauen und ihren Respekt genießt. Vertrauen und Respekt aber können nicht angeordnet werden. Man muß sie sich erwerben. Von Ihnen haben wir nur große Worte gehört, die gar nichts beweisen. Wenn Ihre Kampferfahrung der unseren wirklich so überlegen ist, wie Sie behaupten, dann beweisen Sie es, indem Sie irgendeinen unserer Männer im Zweikampf besiegen. Dann sehen wir mit eigenen Augen, daß Sie der geeignete Führer für uns sind.«

Tidwell stand wie vom Donner gerührt. Das war unglaublich! Nur in historischen Romanen kamen Heerführer vor, die vor ihre Truppe traten und sich auf einen Zweikampf einließen »mit jedem Mann, der da glaubt, er könne mich besiegen«.

Im wirklichen Leben kam das nie vor. Man wurde auf Grund seiner strategischen und taktischen Fähigkeiten Heerführer und nicht wegen überragender Leistungen als Einzelkämpfer. Es war höchst zweifelhaft, ob Patton oder Rommel oder sogar Dschingis Khan einen ihrer Untergebenen im Faustkampf überwältigt hätten. Kein Kommandeur, der seine gesunden Sinne beieinander hat, würde seine Autorität dadurch aufs Spiel setzen, daß er sich auf eine Schlägerei einließ.

Der Gedanke, die Herausforderung abzulehnen, schoß ihm durch den Kopf. Schließlich hatte er bereits die Überlegenheit des japanischen Einzelkämpfers öffentlich zugegeben. Er kritisierte ja nur ihre taktische Unzulänglichkeit im Truppenverband.

Genauso rasch, wie ihm der Gedanke gekommen war, verwarf er ihn wieder. So hirnverbrannt die Herausforderung auch war, er mußte sie annehmen. Er war im Fernen Osten. Eine Ablehnung war in ihren Augen Eingeständnis von Feigheit. Er würde sein Gesicht verlieren. Nein, er mußte den Kampf wagen – und ihn gewinnen!

»Sensei, ich habe an dieser Stelle bereits erklärt, daß das japanische Volk die größten Kämpfergestalten der Geschichte hervorgebracht hat. Ich will noch einen Schritt weitergehen. Ohne Zweifel sind die Männer und Frauen dank Ihrer Ausbildung den großen Kriegern der alten Zeiten ebenbürtig oder übertreffen sie sogar. Darüber hinaus gebe ich gern zu, daß Sie ihre Fähigkeiten und Leistungen am besten kennen.«

Kumo verneigte sich ganz leicht, um das Kompliment entgegenzunehmen. Aber seine Augen blieben wachsam und argwöhnisch.

»Nun wollen Sie mir allerdings einreden, die Truppen seien nicht durch Worte, sondern nur durch Taten zu überzeugen. Jedoch unterscheidet sich der Mensch von allen anderen Wesen dadurch, daß es ihm gegeben ist, durch den Gebrauch der Sprache Streitigkeiten zu schlichten, Erfahrungen an die jüngere Generation weiterzugeben und neue Anschauungen zu entwikkeln. Wenn Sie recht haben, daß Ihre Schüler auf Worte nicht hören, daß man sich ihren Respekt nur durch Taten erwerben kann, dann sind sie keine Menschen, dann sind sie Tiere!«

Kumo erstarrte.

»Das wäre kein Wunder, denn Sie haben sie ja während der Ausbildung stets wie Tiere behandelt.«

Einige Soldaten äußerten laut ihren Unmut.

»Normalerweise würde ich mich mit so großartig ausgebildeten Männern und Frauen nicht gern messen, denn sie müßten mich mit Leichtigkeit besiegen können. Aber Sie haben mir zu verstehen gegeben, daß es sich um Tiere handelt. Daher nehme ich Ihre Herausforderung an, Kumo. Ich nehme es jederzeit an jedem Ort mit jeder Waffe mit jedem auf, den Sie auswählen. Denn ich bin ein Mensch. Und der Mensch fürchtet kein Tier auf der Welt.«

Wutschreie wurden hörbar. Zuerst traten einige vor. Andere folgten ihnen. Keiner blieb zurück. Schließlich standen alle Streitkräfte in kampfbereiter Haltung da. So drückten sie ihre Bereitschaft aus, den Zweikampf mit Tidwell aufzunehmen. Da wollte niemand zurückstehen.

Der Söldner unterdrückte ein Lächeln. Denn nun war Kumo in der Klemme. Offenbar hatte der Sensei selber den Zweikampf mit dem Amerikaner bestreiten wollen. Aber indem Tidwell seine Antwort an die Truppen gerichtet hatte, zwang er Kumo, einen Kämpfer unter ihnen auszuwählen. Wenn er es nicht tat, so mußte man annehmen, daß er doch nicht genügend Vertrauen in ihre Kampfkraft setzte. Tidwell hatte die Leistungen seiner Schüler kritisiert. Also mußte ein Schüler den Kampf aufnehmen.

Na und? fragte sich Tidwell. Blieb es sich nicht gleich, ob er es mit einem Tiger zu tun bekam oder mit einem Gorilla?

»Ihre Antwort, Mr. Tidwell, klingt gut, beweist aber aufs neue Ihre Unerfahrenheit. Sind Sie sich überhaupt darüber im klaren, daß dieses Duell erst mit dem Tod eines Kämpfers sein Ende findet?«

Tidwell nickte. Er hatte es geahnt, aber nicht gewußt. Nun gab es kein Zurück mehr. Er biß die Zähne aufeinander. Kumo ließ ihm keinen Ausweg.

»Sehr gut«, sagte Kumo sanft. »Der Kampf wird jetzt und hier ausgetragen. Sie dürfen die Waffen wählen.«

Ein abgefeimter Schurke! Er läßt mich die Waffe bestimmen. Danach ist es eine Kleinigkeit für ihn, einen Spezialisten auszuwählen, der mich damit umbringt.

»Ich kämpfe so, wie ich hier stehe!«

»Sie dürfen sich Ihren Gegner selber wählen. Jeder meiner Schüler hat mein volles Vertrauen.«

Damn! Mit einem genialen Schachzug hatte er alle Vorteile auf seine Seite gebracht. Wenn Tidwell jetzt nicht Kumo zu seinem Gegner bestimmte, würde es heißen, daß er sich absichtlich einen Schwächeren gesucht habe.

Während Tidwell langsam die Blicke über die aufmarschierten Truppen wandern ließ, überdachte er nochmals das Problem, Nach geraumer Zeit traf er seine Entscheidung.

Er wandte sich zu Kumo. »Mein Gegner soll Aki heißen!«

Die Überraschung saß. Die Männer stießen unterdrückte Bemerkungen aus. Aki erhob sich und ging auf die Plattform zu. Alle erkannten, daß Tidwell keineswegs der Versuchung nachgegeben hatte, einen möglichst leichten Gegner zu wählen.

Der Kraftbulle erklomm mit donnernden Schritten die Plattform. Oben verbeugte er sich vor Kumo. Der sprach in schnellem Japanisch auf ihn ein. Dann zog er zum Erstaunen von jedermann sein Schwert und bot es seinem Schüler an.

Akis Blick streifte Tidwell flüchtig. Wiederum verbeugte er sich vor Kumo. Dann schüttelte er den Kopf, zum Zeichen, daß er das Samuraischwert nicht annehmen wolle. Auf japanisch erklärte er dem Sensei, warum. Seine Haltung verriet völliges Selbstvertrauen und einen gelassenen Stolz. Danach machte er Front zu Tidwell.

Kumo neigte anerkennend das Haupt und stieß sein Schwert in die Scheide. Mit scharfer Kommandostimme rief er einige Befehle. Sofort sprangen mehrere Soldaten auf die Plattform und richteten alles für das bevorstehende Duell her.

Tidwell entledigte sich seines Jacketts. Clancy trat vor und nahm es ihm ab. Dabei raunte er ihm zu: »Bist du denn von allen guten Geistern verlassen, Steve?«

»Gibt's denn irgendeine andere Möglichkeit?«

»Du hättest mich an deiner Stelle kämpfen lassen können. Wenn Kumo einen Vertreter haben kann, kannst du das auch.«

»Danke. Aber ich möchte das lieber selber erledigen. Nimm's nicht persönlich.«

»Na, dann denk wenigstens das nächstemal daran. Vorausgesetzt, du erlebst ein nächstes Mal.«

»Nun mal ernsthaft, Clancy, was könntest du hier besser als ich machen?«

»Ganz einfach. In dem Moment, wo er sich verbeugt, schieße ich ihn nieder.«

Und dabei öffnete Clancy die Hand. In der Handfläche hielt er eine Derringer verborgen. Tidwell erkannte sie auf der Stelle. Es war Clancys bevorzugte Zweitwaffe. Zweischüssig, Explosionsgeschosse mit Aufprallzünder, zielsicher auf 15 Meter in den Händen eines Experten, und Clancy war einer.

»Ich würde gern zugreifen. Aber ich fürchte, ich würde die Truppen damit kaum beeindrucken.«

»Kann sein – aber sie rettet dir das Leben!«

»Theoretisch ja. Praktisch nein. Außerdem hab ich zugesagt. Ich kann nicht mehr zurück.«

»Du hast recht. Und – du schaffst es!«

»Du schaffst es!« Das Hals- und Beinbruch der Söldner! Als Tidwell sich Aki gegenüber aufstellte, konzentrierten sich seine Sinne auf dieses faszinierende »Du schaffst es!« Es kam zur rechten Zeit. In solchen Augenblicken, da alles verloren schien, bedeutete es mehr als jedes lahme »Alles Gute«.

Und im selben Augenblick glaubte er die Lösung seines Problems erfaßt zu haben. Es war riskant. Aber er mußte es wagen!

»Clancy, gib mir Papier und Schreibstift!«

Die verlangten Gegenstände erschienen wie durch Zauberhand. Kein Wunder, wenn man einen so eingespielten Adjutanten besaß. Rasch schrieb Tidwell einige Zeilen auf, riß die Seite vom Block und faltete sie zweimal. »Bring das zu Mr. Yamada!«

Clancy nickte und tat, wie ihm geheißen.

Alle Vorbereitungen waren getroffen. Mit wenigen Handgriffen hatten die Soldaten die Rednerplattform in eine Arena verwandelt. Noch während seiner Unterredung mit Clancy hatte Tidwell den Untergrund geprüft. Er bestand aus glattem festem Holz ohne jeden Firnis. Er überlegte, ob er sich die Schuhe ausziehen sollte, um besseren Halt zu haben. Aber dann verwarf er diese Idee. Die Schuhe waren wichtig, Sie verliehen ihm mehr Gewicht und Aufprallwirkung – wenn es dazu kam.

Kumo nahm auf einem bevorzugten Sitz Platz, der ihm den besten Überblick bot. So war er es gewöhnt. Clancy zögerte keine Sekunde. Er stellte sich direkt neben ihm auf. Das paßte Kumo überhaupt nicht. Er atmete mehrmals schwer, enthielt sich aber einer Bemerkung.

Wiederum mußte Tidwell ein Lächeln unterdrücken. 1:0 für Clancy. Er bezeugte, daß dies kein Examen war und Kumo nicht als unparteiischer Lehrer fungierte. Es war ein Duell. Und die Sekundanten waren zur Stelle. Eins war gewiß – auch in einem Kampf mit dem Teufel selber wünschte sich Tidwell niemand anders als Clancy als Flankendeckung.

Und nun war es allmählich soweit. Tidwell konzentrierte sich voll auf Aki. Ihre Blicke trafen einander.

Aki stand am anderen Ende der Plattform. Wachsam, aber entspannt. Seine Augen waren ausdruckslos, wie tot. Sie verrieten weder Wut noch Angst. Sie waren wie Bullaugen, die alles sahen und nichts verrieten. Tidwell blickte in einen Spiegel, in die Augen eines Killers. Sobald er das erkannte, fand er sich damit ab und verschwendete keinen weiteren Gedanken daran.

Um seine Kampfbereitschaft anzuzeigen, hob er eine Augenbraue an. Aki sah es und nickte zur Bestätigung, nicht etwa als Gruß, knapp mit dem Kopf. Damit konnte der Zweikampf beginnen.

Tidwell machte einen langsamen Vorwärtsschritt und blieb sofot wieder stehen. Aki spreizte die Beine, senkte den Rumpf und nahm die sprungbereite Haltung des Sumoringers ein.

Er wollte Tidwell offenbar zum Angriff verleiten. Er selber vertraute ganz auf seine Verteidigungskünste. Er fühlte sich fähig, jeden denkbaren Angriff Tidwells abzuwehren und ihn dann im Gegenstoß zu überwältigen. Wie das Duell auch ausgehen mochte, es würde schnell vorüber sein. Wenn Tidwell einen Vorstoß wagte, mußte er im ersten Anlauf siegen, oder er würde ein toter Mann sein.

Jetzt unterbrach Tidwell das gegenseitige Belauern. Er bewegte sich lässig, im schlendernden Schritt schräg nach rechts. Er erreichte den Rand der Plattform, blieb stehen, musterte den Gegner und schlenderte schräg nach links. Aki stand unbeweglich. Er wartete ab.

Für einen uneingeweihten Beobachter sah es fast so aus, als sei Tidwell ein Kunstliebhaber, der sich eine Statue von verschiedenen Seiten betrachtet. Aber die Männer der Streitkräfte kannten Aki. Und sie wußten, was seine Haltung ausdrückte. »Los, komm ran, von links, von rechts, mir gleich! Ich töte dich in jedem Fall.«

Endlich schien Tidwell zu einem Entschluß gelangt zu sein. Ein tiefer Atemzug hob seine Brust. Langsam ging er zur Mitte der Plattform, blieb kurz stehen und blickte den Gegner abschätzend an. Dann legte er die Hände auf den Rücken und schritt geradewegs auf ihn zu. Es wirkte theatralisch, wie er sich zeitlupenhaft Schritt für Schritt Aki näherte.

Die Frage war: wie nahe würde Aki ihn an sich heranlassen, ehe er zum Gegenschlag ausholte? Oder würde Aki den ersten Ausfall machen?

Drei Meter trennten sie noch voneinander. Der nächste Schritt. Zwei Meter. Noch ein Schritt.

Blitzartig schoß Tidwells rechte Faust heraus. Sie zielte auf Akis Schläfe. Ein vernichtender Schlag. Im gleichen Augenblick aber explodierte Aki. Sein linker Arm kam hoch und blockte den Schlag ab. Gleichzeitig fuhr die geballte Rechte heraus, um auf Tidwells Solarplexus zu landen.

Doch eine Zehntelsekunde später änderte sich das Bild. Tidwells Linke flog heraus, und in der Sonne blitzte eine Messerklinge auf und stieß nach Akis Brust. Der schlug mit dem rechten Arm wie mit einem Hammer zu, um den Stoß abzuwehren. Aber er traf nicht wie beabsichtigt Tidwells Unterarm. Denn der Amerikaner hatte blitzschnell die Messerspitze nach oben gedreht, und die Klinge bohrte sich tief in Akis Arm. Sie drang bis zum Knochen durch. Dann riß Tidwell das Messer scharf zurück und zerfleischte dem Gegner den ganzen Unterarm.

Zum Überfluß ließ Tidwell sein Knie nach oben schnellen und traf voll die blutende Wunde. Aki prallte zurück. Tidwell streckte ruckartig das Bein, und mit der Stiefelspitze brach er Aki den Armknochen. Vor Schmerz krümmte sich Aki und war nahe daran, das Gleichgewicht zu verlieren. Doch er fing sich noch im Straucheln ab, duckte sich und schien wieder kampfbereit. Allerdings würde er den rechten Arm nicht mehr benutzen können.

Seine Augen glitzerten gefährlich – wie bei einem in die Enge getriebenen Tiger.

Tidwell sprang zurück, brachte sich aus der Nähe des verwundeten Feindes und wich bis an den Rand der Plattform. Als

Aki ihm folgen wollte, warf er ihm das Messer vor die Füße, daß sich die Spitze in den Holzboden bohrte. Dann ließ er sich auf ein Knie nieder und streckte beide Arme zur Seite.

»Halt Aki, halt!« rief er.

Aki geriet in Verwirrung. Er zauderte.

»Halt, Aki! Höre mich an!«

Argwöhnisch zog sich Aki seinerseits zum anderen Rand der Plattform zurück, aber er spitzte die Ohren.

»Mr. Yamada, würden Sie bitte laut den Zettel verlesen, den ich Ihnen vor dem Kampf schrieb.«

Gemessen erhob sich Mr. Yamada von seinem Platz unter den übrigen Konzernherren, entfaltete den Zettel und las:

»Ich werde Akis Unterarm zwei-, drei- oder viermal treffen. Danach unternehme ich einen Versuch, den Kampf zu beenden.«

Mr. Yamada nahm wieder Platz, und unter der Truppe hörte man ein gedämpftes Stimmengewirr.

»Der Sinn des Kampfes bestand in dem Beweis, daß ich die Streitkräfte im Kampf zu führen qualifiziert bin. Ich habe nun euren Champion nicht nur mehrmals gefährlich getroffen, sondern alle seine Bewegungen vorausgesagt. Darin aber besteht meine Eignung als Kommandeur. Ich führe euch gegen einen Feind, dessen Reaktionen ich genausogut kenne. Eure Fähigkeiten werden unter meinem Kommando glänzend zur Geltung kommen. Mehr brauche ich nicht zu beweisen. Deshalb biete ich meinem Gegner an, den Kampf jetzt zu beenden. Ich hoffe, daß er sich dazu überreden läßt. Ich möchte keinen meiner Männer nutzlos opfern. Das ist der tiefere Sinn aller Kriegsspiele. Aki! Bist du einverstanden? Wollen wir unser Duell jetzt abbrechen?«

Ihre Augen trafen einander. Nach einer Weile richtete Aki sich auf und neigte den Kopf zum Zeichen des Einverständnisses.

Da sprang Kumo, rot vor Zorn, auf die Füße. Er brüllte Aki einen Befehl zu. Aki hob den Kopf, schaute erst Kumo an, dann Tidwell und dann nochmals Kumo. Schließlich schüttelte er den Kopf.

Clancy spannte sich. Seine Hand fuhr unter den Gürtel. Tidwell sah ihn an und schüttelte streng den Kopf. Kumo schrie Aki einen Satz auf japanisch zu. Dann riß er das Schwert aus der Scheide und stürmte quer über die Plattform auf Tidwell zu.

Er machte drei Schritte, ehe Tidwell, der ihn kaltblütig kommen sah, aufstand. Dabei schleuderte der Amerikaner mit dem Knie das Messer vom Boden hoch. Die Waffe überschlug sich in der Luft und drang dem anstürmenden Sensei bis zum Heft in die Brust.

Kumo hielt inne, fiel schwer auf ein Knie und mühte sich vergeblich aufzustehen. Das Schwert löste sich aus seinen schlaffen Händen. Dann fiel er nach vorn. Mehrere Minuten lang herrschte Stille.

Bis Tidwell seine Krieger ansprach.

»Ein bedeutender Mann hat hier den Tod gefunden. Für den Rest des Tages fällt der Dienst aus – zu Ehren des Toten. Um sechs Uhr morgen Frühappell. Dann erhaltet ihr weitere Befehle. Wegtreten!«

Schweigend gingen die Soldaten auseinander. Tidwell sah zum Toten hinüber. Aki war vor dem gestürzten Sensei niedergekniet. Schweigend ergriff Tidwell das Schwert, hakte die Scheide von Kumos Gürtel los und stieß das Schwert in die Scheide. Noch einmal blickte er den Toten an. Dann wandte er sich ab und überreichte feierlich Aki das alte Samuraischwert. Wieder trafen sich ihre Augen. Diesmal verbeugte sich Tidwell. Dann machte er kehrt.

»Mann Gottes, Steve!« sagte Clancy atemlos. »Hast du diesen Trick schon mal probiert? Im echten Kampf?«

»Dreimal. Heute hat es zum zweitenmal geklappt.«

»Ich kann es immer noch nicht glauben. Wenn ich mich jemals wieder über deine Vorliebe für Messer lustig mache, darfst du eins an mir ausprobieren.«

»Ja, schön. Sag mal, sorgst du bitte dafür, daß jemand Akis Arm behandelt? Ich will nur noch eins: hier weg und mir einen ansaufen.«

»Aber sicher, Steve. Oh, da wollen dich noch welche sprechen.«

»Später, ja! Ich bin jetzt nicht in der Stimmung dazu.«

»Es sind aber die Bosse.« Mit dem Daumen zeigte Clancy auf die Gruppe der Konzernherren.

»Oh!« Tidwell drehte sich um und ging mit müden Schritten auf die Männer zu. Sie waren schließlich seine Arbeitgeber, und er war und blieb ein Söldner.

XI

»Matthews?«

»Ja, gestern abend.« Mit zitternden Händen zündete Eddie Bush sich eine Zigarette an. Er war sichtlich erschüttert. »Die Personalabteilung hat mich gerade angerufen. Sie haben ihn in einem Kino erwischt.«

»Damn! Warum sind sie auch nicht vorsichtiger!«

»Aber er stand nicht mal auf der Mordliste.«

»Trotzdem hätte er vorsichtiger sein sollen. Ob auf der Liste oder nicht, jeder, der den Kampfanzug trägt, kann beschossen werden. Sie sind selber daran schuld.«

»Zum Teufel, Pete, ich trage auch den Kampfanzug. Die Hälfte aller unserer leitenden Angestellten tut es. Das ist mittlerweile ein Statussymbol geworden.«

»Ja, sie nehmen die Sache nur nicht richtig ernst.« Pete drückte wütend die Zigarette aus. »Haben wir nicht schon genügend Leute verloren? Mit den Mordkommandos ist nicht zu spaßen.«

»Die meisten Verluste erlitten wir am ersten Tag. Es kam alles so plötzlich, weißt du.«

»Kann ich nicht finden. Über einen Monat lang bekamen wir jede Menge Merkblätter und Lehrvorträge. Weißt du, wie viele Verluste wir dennoch am ersten Tage hatten?«

»Siebzehn, und sechs Beinahe-Ausfälle. Offenbar hatte niemand die Gefahr ernst genommen.«

»Das meine ich ja. Wer hat das idiotische System überhaupt erfunden?«

Bush zog ein Gesicht. »Soviel ich weiß, wir. Aber frag mich nicht, warum.«

»Es gibt schon allerhand Gerede. Viele meinen, die Konzerne haben sich stillschweigend darauf geeinigt, um leitende Angestellte, die keine Perspektiven mehr haben, auf leichte Art loszuwerden.«

»Vorzeitige Pensionierung mit kräftiger Nachhilfe? Davon hab' ich auch gehört. Doch daran glaube ich nicht. Die Konzerne nehmen in der Personalpolitik zwar zu ziemlich rigorosen Maßnahmen Zuflucht. Aber so tief können sie nicht gesunken sein. Deswegen drei Jahre bei halbem Gehalt? Wäre wirklich unverschämt. Ich bezweifle, ob ich es durchhalten würde. Natürlich hätte es noch schlimmer kommen können. Wenn sie scharfe Munition verwendeten, zum Beispiel.«

»Das ist doch schon vorgekommen«, gab Pete zurück.

»Die Regeln besagen, daß der Attentäter nach vier Schüssen mit Quarzstrahlen scharfe Geschosse abfeuern kann. Wenn die Leute ihre Kampfanzüge nicht tragen, ist es ihre eigene Schuld.«

»Hast du deinen jetzt angestellt?«

Eddie faßte mit der Hand ins Innere seines Jacketts, um sich zu vergewissern. »Aber natürlich!«

»So natürlich ist es gar nicht. Du mußtest erst nachfühlen.«

»Ja, du hast recht.«

»Außerdem meine ich ein paar andere Fälle. Hast du gehört, was sie mit Brumbolt gemacht haben?«

»Nur gerüchtweise.«

»Sie haben ihn niedergeschossen, ohne Warnung. Mit scharfer Munition und richtigem Blut. Und weißt du warum? Weil er zufälligerweise ins Theater ging, als auch ein paar Kollegen seiner früheren Abteilung in der Vorstellung waren. Sie schwören, daß sie von seiner Anwesenheit überhaupt nichts gewußt haben. Tatsächlich hatten sie jeden Verkehr mit ihm abgebrochen, nachdem er ›getötet‹ und regelgemäß auf halbes Gehalt gesetzt wurde. Die Attentäter spürten ihn im Theater auf und glaubten, er versuche Aufzeichnungen oder ähnliches zu übergeben. Daraufhin lauerten sie ihm auf dem Parkplatz auf. Das ist einer der Todesfälle, von denen ich spreche.«

Eddie schürzte die Lippen, als wolle er einen Pfiff ausstoßen. »Das habe ich nicht gewußt. Wirklich sehr eigenartig. Es ist, als ob . . .«

»Als ob wir wirklich im Kriege wären – genau das. Die große Frage ist: Was tun wir dagegen?«

Sofort nahm Eddie eine abwehrende Haltung ein. Sein Gesicht wurde zur Maske. »Wollen wir wirklich wieder damit anfangen, Pete?«

»Ich meine, das ist unsere verdammte Pflicht und Schuldigkeit. Wir sind doch immer noch in einer Arbeitsgruppe, die Empfehlungen ausarbeiten soll, oder?«

»Nur bis man uns eine neue Aufgabe zuweist. In Wirklichkeit ist das Projekt schon tot, Pete.«

»Aber . . .«

»Nichts aber! Es ist tot! Die Vorschläge, die Marcus einreichte, wurden angenommen. Der Konzern hat bereits ansehnliche Summen für neue Waffen ausgegeben. Und sie scheuen jetzt jede weitere Kostensteigerung.«

»Eddie . . .«

»Deshalb halten wir uns schön still im Hintergrund und machen uns nicht durch Empfehlungen lächerlich, die sowieso keine Chance haben.«

»Das kaufe ich dir eben nicht ab. Ich finde, wir machen uns vielmehr dadurch lächerlich, daß wir eine Menge Zeit und Geld in unsere Arbeitsgruppe investieren ließen und schließlich gar keine Empfehlung vorlegten.«

»Aber die Kosten . . .«

»Pfeif auf die Kosten! Eins habe ich in den Jahren hier gelernt – nämlich, daß für eine gute Idee immer Geld vorhanden ist.«

»Und wenn du eins nicht gelernt hast – so ist es die Tatsache, daß man auch mal den Mund halten muß. Denn sonst würdest du heute in meiner Stellung sein. Theoretisch magst du hundertmal recht haben. Aber wir sind in den Zwängen der Praxis, und das ist das einzige, was zählt – ob es dir gefällt oder nicht.«

Die beiden Männer sahen einander kampflustig an. Dann stieß Pete einen Seufzer aus. »Ich sage dir was, Eddie. Ich mach dir einen Vorschlag – nein, laß mich ausreden. Ich habe etwas in meinem Wagen, das deine Ansicht ändern wird. Wenn nicht, halte ich den Mund und fange nie wieder damit an.«

Eddie überlegte eine Weile. »All right, bring es rauf! Aber ehrlich gestanden, kann ich mir nichts vorstellen, was meine Ansicht ändern würde.«

»Du mußt schon mit runterkommen. Es ist zu schwer, um es raufzubringen.«

»Okay, meinetwegen. Wenn damit die Sache endgültig vom Tisch ist!«

Er stand auf, und die beiden verließen das Zimmer. Auf dem Flur der leitenden Angestellten stellten sie sich aufs laufende Band und ließen sich schweigend vorwärts tragen.

Endlich räusperte sich Eddie. »Tut mir leid, wenn ich eben etwas heftig geworden bin, Pete. Aber ich verstehe einfach nicht, warum du dich so einsetzt. Es wird schon neue Aufgaben für uns geben.«

»Für dich vielleicht. Oh, bitte hier lang! Ich bin etwas spät gekommen und mußte auf der Straße parken. Der Platz war schon voll.«

»Okay. Was wolltest du eben sagen?«

»Wie? Ach so! Ich bezweifle, ob mir noch nennenswerte Aufgaben übertragen werden.«

»Machst du dir deshalb Sorgen? Zum Teufel, dazu hast du keinen Grund. Ich merke es immer wieder bei den Sitzungen, daß viele der Männer mit Entscheidungsgewalt dich kennen. Sie wissen, was sie an dir haben. Deine Idee, eine angebliche Terroristengruppe für die Schießereien verantwortlich zu machen, war ein Geniestreich. Sie hat uns vor weiteren unangenehmen Nachforschungen der Behörden bewahrt.«

»Ja, nur lief die Idee nicht unter meinem Namen. Hier, durch diese Tür hinaus.«

»Stimmt. Das war Pech. Sie ging auch nicht unter meinem Namen durch den Dienstweg. Das macht aber gar nichts. Die Leute, auf die es ankommt, wissen, daß die Idee von dir stammt. Du kriegst andere Aufgaben, bestimmt! Sag mal, wo steht denn dein Wagen?«

»Ein Stückchen die Straße rauf. Und du glaubst ehrlich daran, daß mir einer der VIPs unserer Firma wieder eine Aufgabe übertragen wird?«

»Na, vielleicht nicht direkt. Aber sowie ich eine bekomme, wirst du die Schlüsselfigur in meiner Gruppe. Soviel kann ich dir ver . . .«

Die Kugel traf ihn mitten in die Brust. Zum erstenmal erlebte Pete die Wirkung der neuen Explosivgeschosse mit. Eddie Bush platzte förmlich auseinander.

Den Attentäter sah Pete nicht. Aber er winkte mit der Hand kurz zu dem Hausdach auf der gegenüberliegenden Straßenseite. Dann beugte er sich über den Toten, faßte rasch unter sein Jackett und schaltete den Kampfanzug auf »Aus«. Lächelnd richtete er sich auf. Lächelnd blickte er auf den Toten.

Stellt euch vor, wieder so ein schrecklicher Zwischenfall. Und Ed Bush stand nicht mal auf der Mordliste. Na ja, das ist eben das Risiko, wenn man trotzdem den Kampfanzug trägt. Früher oder später kommt man dann dran. Zu schlimm, daß er vergessen hatte, den Kampfanzug anzustellen.

Lächelnd wandte sich Pete ab und rannte ins Firmengebäude, um von der schrecklichen Tragödie zu berichten.

XII

Mauser las den eben eingegangenen Kaufwunsch und konnte sich ein Lächeln nicht verkneifen. Da wollte jemand wissen, wie man Werkschutzanlagen außer Kraft setzen könne. Er bot eine beträchtliche Summe nebst absoluter Verschwiegenheit im Falle polizeilicher Nachforschungen.

Offenbar kannte sich der Käufer nicht besonders gut auf dem Gebiet der Industriespionage aus. Mauser wollte das Angebot zuerst gar nicht weitergeben, besann sich aber dann eines anderen. Seine Agenten sollten zur Abwechslung auch mal etwas zu lachen haben!

In seinen eigenen Tagträumen sah Mauser ständig Geheimagenten durch die Dunkelheit schleichen, Schlösser aufbrechen, Mauern überklettern, Wachtposten bestechen und zur Nachtzeit Dokumente mit Minikameras fotografieren, die in ihren Gürtelschnallen versteckt waren. Aber dabei war er sich immer bewußt, daß nichts davon der Wirklichkeit entsprach.

Sein neuer Kunde schien dagegen Tagträume und Wirklichkeit nicht voneinander trennen zu können. Agenten überkletterten keine Mauern mehr, sie kamen zum Haupttor herein oder durch die Arbeitsvermittlung – wenn sie überhaupt ein Werk betraten.

Einige seiner erfolgreichsten Agenten waren Callgirls und Kellnerinnen. Die meisten Geheimnisträger würden aus dem Bürosessel fallen, wenn sie erführen, daß das dankbare Girl, dem sie gestern großzügig einen Hunderter als Trinkgeld zugesteckt hatten, im Jahr dreimal soviel verdiente wie sie selber.

Sekretärinnen, Hausmeister und Büroangestellte bei Import/Export waren durch die Bank als Spitzenagenten geeignet – falls sie nicht bereits im Spionagegeschäft tätig waren. Aber Mauser war nicht nur auf die kleinen Leute angewiesen. Manche seiner Spitzel waren Manager in hohen Posten, denen ihre Firma völliges Vertrauen schenkte. Was sie dazu trieb? Sie kamen einfach mit ihren 70000 Dollar im Jahr nicht aus.

Für Mauser waren solche Verhältnisse etwas völlig Normales. Er wußte aus seiner eigenen Angestelltenzeit, daß viele Weiße-Kragen-Spione unter finanziellem Druck standen. Ohne die geheimen Nebeneinnahmen konnten sie in der Gesellschaft nicht so auftreten, wie es ihrem Image entsprach. Es war eine Quelle des Entzückens für ihn, wenn er sah, daß manche Manager nur deshalb Spitzeldienste leisteten, weil sie sonst nicht mit jenen Kollegen Schritt halten konnten, die schon seit vielen Jahren als Spione tätig waren.

Sicherlich gab es immer noch einige konventionelle Einschleich-Agenten. Aber die würden natürlich niemals ihre Methoden preisgeben. Das hieße für sie ja, es beim nächsten Auftrag mit verstärkten Sicherheitseinrichtungen aufnehmen zu müssen.

Niemand würde auf das Angebot seines hilflosen Kunden eingehen, obwohl es in der modernen Welt von Industriespionen wimmelte. Lächelnd dachte Mauser: Heutzutage sitzen die erfolgreichsten Geheimagenten in – Buchhalterposten.

Dann wandte er sich seinem Bildschirm zu, der ihm als Schmierzettel und Notizblock diente, und das Lächeln wich von seinem Gesicht. Das Brasilien-Programm war für ihn zu einer Art Besessenheit geworden. Er widmete ihm immer mehr Zeit und Nachdenken. Die Informationen waren inzwischen so zahlreich, daß sie sich nicht mehr alle zugleich auf dem Bildschirm unterbringen ließen. Er glaubte zwar, die Antwort gefunden zu haben. Aber viel zu viele Infos paßten nicht zu seiner Theorie.

Der Schirm kam zum Leben und führte eine Namensliste auf. Angestellte der neun Konzerne, die kürzlich gestorben waren. Er sortierte sie einmal nach Firmen, dann in zeitlicher Reihenfolge. Nun ergab sich ein gewisser Sinn. Von einem bestimmten Tag an gab es eine Häufung von Todesfällen in den beiden Gesellschaften auf brasilianischem Gebiet. Innerhalb weniger Wochen hatten die Todesfälle auch bei den übrigen Gesellschaften der Liste merklich zugenommen. Die einzige Ausnahme bildete Japan. Aber Japan paßte in vieler Hinsicht nicht in den Rahmen.

Deshalb ließ er es jetzt unbeachtet und konzentrierte sich auf die anderen Unternehmen.

Er drückte mehrere Tasten, und einige Artikel aus Tageszeitungen und Zeitschriften erschienen auf dem Schirm. Jeder Artikel blieb zweimal dreißig Sekunden sichtbar – zuerst im vollen Wortlaut, dann in einer kurzen Zusammenfassung des wichtigsten Inhalts.

Ab und zu las er einen Satz. An die Geschichte von den Terroristengruppen glaubte er nicht. Nirgendwo außerhalb seiner Neuner-, nein, Achtergruppe hatte er bei irgendeiner Firma einen ähnlichen Anstieg der Todesfälle entdeckt. Die Theorie wäre einleuchtender gewesen, hätten die angeblichen Terroristen aufs Geratewohl verschiedene Firmen heimgesucht, und nicht gerade seine acht, die für ihn schon seit einiger Zeit irgendwie zusammengehörten.

Einen derartigen Zufall gab es einfach nicht. Hier waren keine Terroristengruppen am Werke. Hier setzte sich eine Entwicklung fort, die lange vorher begonnen hatte.

Danach las er noch mal das Angebot der US-Regierung, das länger als einen Monat seinen Agenten zugänglich war. Die Regierung bot hohe Preise für jegliche vorhandene Information über die Terroristen. Und erhielt nie eine Antwort!

Einmal war ein Verrückter mit einer Bombe festgenommen worden. Er behauptete steif und fest, Mitglied jener geheimnisvollen Gruppen zu sein. Aber eingehende Nachforschungen ergaben einen anderen Sachverhalt. Er arbeitete allein, und die Bombe hatte er selber im Keller gebastelt. Sogar die Zeitungen hielten ihn für einen Einzelgänger, der die Publicity, die um die ungreifbaren Terroristen entstanden war, für seine Zwecke ausnützen wollte.

So hohe Belohnungen auch ausgesetzt wurden, niemand konnte den kleinsten stichhaltigen Hinweis liefern. Das brachte Mauser erstmalig auf eine verheißungsvolle Fährte. Nur einmal zuvor hatten alle Agenten und Nachrichtenhändler, ob staatliche oder private, ebenfalls mit leeren Händen dagestanden. Das geschah nach dem Russisch-Chinesischen Krieg. Damals schloß sich der K-Block von der Außenwelt ab. Er kaufte zwar Informationen, rückte aber selbst mit keiner einzigen heraus.

Blieb als einzig mögliche Erklärung, daß die Terroristengruppen eine Tarnung für eine Aktion des K-Blocks waren. Schließlich hatten die Informationswünsche des K-Blocks ihn ja erst auf die geheimnisvollen Beziehungen zwischen den neun – nein, acht – Konzernen aufmerksam gemacht.

Aber an diesem Punkte kam er nicht weiter. Warum das Ganze? Wollten sie die Konzerne mit eigenen Leuten unterwandern? Warum verlangten sie dann dauernd Personallisten? Sie mußten doch selber am besten wissen, wen sie eingeschleust hatten!

Es war und blieb unlogisch. Er betätigte eine andere Taste. Japan! Während der fraglichen Zeitspanne hatte sich in den japanischen Gesellschaften, die beobachtet wurden, nur ein einziger Todesfall ereignet. Seine Ursache: Altersschwäche.

Der Artikel aus einem Kampfsport-Magazin beschrieb das Dahinscheiden eines alten Sensei, der nach seiner Pensionierung eine Zeitlang irgendein obskures körperliches Fitneßprogramm in der japanischen Industrie geleitet hatte. Das paßte überhaupt nicht zu allen übrigen Infos – oder etwa doch?

Einen Augenblick lang verspürte Mauser den brennenden Wunsch, ein Kunde würde eine Durchschrift vom Totenschein des alten Japaners verlangen. Dann würde er seine Agenten befragen, ob einer ihn beschaffen könne. Aber das war wohl ein unerfüllbarer Wunsch. Und auf eigene Faust hätte er sich diese Information nie zu beschaffen versucht. Das wäre in seinen Augen Mogeln gewesen!

Er pflegte nur das zu verwenden, wovon er beruflich Kenntnis erlangte.

Warum hatte kein Attentäter bisher etwas in Japan unternommen? Warum kümmerten sich die acht Konzerne, ihren Anfragen nach zu urteilen, ebenfalls nicht um Japan? Die einzige Anfrage bisher stammte vom K-Block. Gehörte Japan nicht zu dem Puzzlespiel – oder stand Japan etwa hinter all den Morden?

Rätsel über Rätsel! Mauser schüttelte den Kopf. Dann drückte er eine andere Taste. Wieder erschien ein Zeitungsartikel auf dem Bildschirm. Der Bericht über den Terroristenmord an dem Konzernmanager Edward Bush. Mauser war an diesem Bericht schon deshalb besonders interessiert, weil Bush ein Kunde von ihm gewesen war.

Dem Bericht nach unterschied sich der Mord kaum von denen vieler anderer. Am hellen Tage hatte ihn ein Scharfschütze auf dem Bürgersteig vor seinem Bürogebäude erwischt und war dann spurlos entkommen. Diesen Text konnte Mauser fast im Schlaf aufsagen – so oft hatte er ihn schon gelesen.

Immerhin mochte die Affäre Bush tatsächlich als reiner Zufall gelten. Der Mann hatte zu Lebzeiten nur Nachrichten gekauft und nie welche angeboten. Deshalb war es unwahrscheinlich, daß sein gewaltsamer Tod irgendwie mit seinen Verbindungen zu Mauser zusammenhing. Trotzdem war da irgendwas im Gange . . .

Denn Bushs Firma hatte um Informationen über den Mord nachgesucht. Sie war an jeder Einzelheit interessiert. Schon früher waren leitende Angestellte dieser Firma durch Scharfschützen erledigt worden. Da hatte die Firma geschwiegen. Was war so besonderes an seiner Ermordung? Schließlich hatte Bush nicht zu den ganz hohen Tieren seines Konzerns gehört . . .

Ein weiterer Umstand machte Bushs Tod verdächtig. Zum erstenmal verlangte der K-Block nähere Ermittlungsergebnisse. Bei keinem anderen Mord hatte er bisher Interesse gezeigt.

Was machte den Mord an Bush für viele so ungewöhnlich interessant? War es die Person des Ermordeten? Waren es die Umstände seines Todes? Traf Mausers Theorie zu, daß der K-Block alle diese Attentate inszenierte? Benötigten sie deshalb auch alle Ermittlungsergebnisse?

Vielleicht waren es doch diese verdammten Japaner. Aber wie paßten sie ins Schema? Paßten sie überhaupt da rein?

Plötzlich hörte Mauser Geräusche von draußen. Die ersten Angestellten kamen. Hastig stellte er den Bildschirm ab. Das freie Gedankenspiel war vorbei. Der Alltag forderte sein Recht.

Aber eins nahm er sich vor. In der Mittagspause würde er einkaufen gehen. Seit Jahren hatte er geschwankt: sollte er? Sollte er nicht? War es notwendig – oder kindische Spionenromantik? Jetzt war sein Entschluß gefaßt. Er würde sich heute mittag eine Handfeuerwaffe kaufen.

Er wußte immer noch nicht, worum das Spiel eigentlich ging. Aber eins stand für ihn fest. Es ging um hohen Einsatz. Und er saß mittendrin. Als Nachrichtenhändler seiner Qualität war er Tag und Nacht in Lebensgefahr.

XIII

Die Felsenklippe wirkte so düster und abschreckend wie immer. An ihrem Fuß warteten die Strohpuppen – unbeweglich. Tidwell und Clancy saßen am Klippenrand. Müßig ließen sie die Beine über den Rand baumeln.

Aber Tidwell erwartete die nächste Gruppe seiner Streitkräfte mit unverhohlener Spannung.

Und da kamen sie. Fünf waren es. Wie Gespenster huschten sie lautlos von Baum zu Baum. Tiefgebräunt im Gesicht ihr Führer. Ungefähr Mitte der Dreißig. Als er die Hand hob, erstarrte die Gruppe. Ein Wink, und eine einzelne Gestalt löste sich vom Team.

Tidwell grinste. Es war ein Girl, Anfang Zwanzig. Sie streifte das Gewehr von der Schulter und kroch auf dem Bauch zum Klippenrand. Vorsichtig spähte sie in die Tiefe. Dabei wußte der Anführer, wußten sie alle haargenau, was sie dort unten erwartete. Sie hatten diesen Hinderniskurs Hunderte von Malen bewältigt. Aber sie gehorchten dem neuen Befehl Tidwells, der besagte, daß sie dies als ein unbekanntes Gelände zu betrachten hatten.

Umsichtig erledigte das Girl ihren Spähauftrag. Dann schob sie sich bäuchlings ein paar Meter zurück, ehe sie sich zu gebückter Haltung aufzurichten wagte. Nun machte sie ihrem Anführer in rascher Aufeinanderfolge einige Handzeichen.

Bei diesem Anblick stieß Clancy seinem Kommandeur in die Rippen, und der lächelte voll Befriedigung. Seit seiner Kommandoübernahme war Tidwells Zeichensprache schnell Allgemeingut der Truppe geworden. Er konnte sich nichts Besseres wünschen. Oder doch? Sie hatten die grundlegenden Zeichen rasch weiterentwickelt. Nun hatte er manchmal selber Mühe, ihrem schnellen Austausch zu folgen.

Inzwischen traf der Anführer seine Entscheidung. Einige Handzeichen, und die drei übrigen Mitglieder der Gruppe, zwei Männer und eine Frau, sprangen auf und stürzten sich mit schußbereiten Gewehren über die abschüssige Klippe, um den glücklosen »Opfern« da unten den Garaus zu machen. Anführer und Späher blieben oben.

Fünf Meter zur Linken beobachteten die beiden Amerikaner das Vorgehen der Gruppe. Sie hoben überrascht die Augenbrauen. Der Anführer wendete eine neue Taktik an.

Als die drei nach unten verschwanden, griff der Anführer über die Schulter und holte ein Seil aus seinem Sturmgepäck. Es war ein schwarzes, superleichtes Nylonseil, das alle halbe Meter einen Knoten aufwies, offensichtlich zur Erleichterung des Kletterns. Er behielt ein Ende in der Hand und warf dann das Seil der Kundschafterin zu. Sie fing es auf und warf es über die Klippe.

Zu gleicher Zeit band er das obere Ende um einen kleinen Baumstamm – mit einem leicht lösbaren, aber zugsicheren Knoten. Danach lief er zehn Meter weit zurück und sicherte von hier aus nach hinten. Sie ging indessen am Klippenrand mit aufgelegtem Gewehr in Stellung, um den Kameraden unten Feuerschutz zu geben.

Erfreut schlug Clancy ihm auf die Schulter. Dann zeigte er ihm die geballte Faust – mit dem Daumen nach oben. Tidwell nickte zufrieden. Sie hatten ein geschicktes Manöver mitangesehen. Den drei Angreifern im Tal bot sich jetzt ein leichter und gesicherter Rückzugsweg.

Tidwell hätte am liebsten Freudenrufe ausgestoßen. Die Umorganisation seiner Streitkräfte verlief um vieles besser, als er zu hoffen gewagt hatte.

Sein lächerlich einfaches Dreistufen-Programm zeigte Wirkung.

Zuerst hatte er einen Fragebogen mit acht Fragen ausgegeben.

Nenne die vier Kameraden, mit denen du am liebsten eine Kampfgruppe bilden würdest . . . – Warum?

Nenne die vier Kameraden, mit denen du keinesfalls in einer Kampfgruppe zusammen sein möchtest . . . – Warum nicht?

Wen hättest du am liebsten als Anführer? – Warum?

Wen möchtest du auf keinen Fall als Anführer haben? – Warum nicht?

Der nächste Schritt bestand darin, die Antworten durch den Computer laufen zu lassen. Dabei wurden gleichzeitig zwei Arbeiten erledigt. Erstens wurden die Fünf-Mann-Teams gemäß den Vorlieben der einzelnen Soldaten gebildet – zweitens die unbeliebten und ungeeigneten Kameraden ausgesondert. Man übertrug ihnen später andere Arbeiten innerhalb des Konzerns.

Die dritte und letzte Maßnahme war, einige Team-Mitglieder in einen Schnellkursus für bestimmte Spezialaufgaben zu schikken. Hier hatte Clancy energisch widersprochen. Aber Tidwell setzte sich durch. Clancy war dafür gewesen, alle Leute mit Spezialausbildung ohne Beachtung der Fragebögen auf die Teams zu verteilen. Aber Tidwell beharrte darauf, daß man im Ernstfall besser mit einem mittelmäßigen, aber allgemein beliebten MG-Schützen abschneidet als mit einem Meisterschützen, den keiner ausstehen kann.

Von nun an waren die einzelnen Gruppen unzertrennlich. Sie wohnten zusammen, trainierten gemeinsam und gingen gleichzeitig in Urlaub. Kurz, sie wuchsen zu Familien zusammen. In der Tat bestanden einige Teams aus Elternpaaren und ihren Sprößlingen, wobei häufig nicht der Vater, sondern eins der Kinder zum Anführer wurde.

Es war eine sonderbare, völlig ungewöhnliche Art, eine Armee aufzustellen. Aber sie trug Früchte. Die Teams hielten wie Pech und Schwefel zusammen. Sie funktionierten wie eine gutgeölte Maschine. Und sie fanden aus sich heraus überraschend gute Lösungen der taktischen Aufgaben, die Tidwell ihnen bei jeder Gelegenheit stellte. Es war zweifellos die beste Streitkraft, die Tidwell je befehligt hatte.

Die Angreifer erklommen gerade wieder den Klippenrand, als Tidwell auf eine niederträchtige Idee kam. Er sprang auf und winkte den Anführer zu sich. Mit einigen kurzen Gesten der eingeübten Zeichensprache erteilte er seine Befehle. Der Anführer verstand und unterrichtete, ebenfalls durch stumme Gesten, seine Leute.

Die Späherin wickelte das Nylonseil auf und warf es dem Anführer zu. Der verstaute es in seinem Sturmgepäck, überschaute das Gelände und wies jedem ein Versteck in den Büschen zu. In Sekundenschnelle waren sie verschwunden. Tidwell hatte mitangesehen, wie sie Deckung suchten. Aber nun konnte er trotz angestrengter Suche keinen mehr entdecken. Zufrieden nickte er Clancy zu.

»Steve, du alter Hurensohn«, sagte er voll lächelnder Anerkennung.

Mit gespielter Bescheidenheit zuckte Tidwell die Achseln. Dann setzten sie sich beide wieder an den Klippenrand und ließen die Beine baumeln.

Sie brauchten nicht lange zu warten. Schon bald kam das nächste Team in Sicht. In loser Schützenreihe kamen die fünf angetrabt. Anführer war ein neunzehnjähriges Girl, mit der Clancy den größten Teil seiner Freizeit verbrachte. Sie erblickte die beiden und winkte ihnen lächelnd zu. Und lächelnd winkten die Amerikaner zurück.

Da wurde das Feuer aus dem Hinterhalt eröffnet.

Das Girl und die beiden Männer links und rechts von ihr fielen beim ersten Feuerstoß. Die beiden übrigen Team-Mitglieder hatten noch Zeit, reaktionsschnell in Deckung zu gehen. Aus sicherer Stellung heraus erwiderten sie das Feuer.

Tidwell erhob sich. »All right! Das Ganze halt!«

Sofort wurde das Feuer eingestellt.

»Alle zu mir! Halbkreis bilden!«

Sieben Personen sprangen aus ihren Verstecken auf und sammelten sich um die beiden Amerikaner. Tidwell warf einem der beiden Überlebenden des überfallenen Teams den »Wiederbelebungs-Schlüssel« zu. Der beeilte sich, mit seiner Hilfe die Kampfanzüge der drei »Toten« zu aktivieren.

»Okay«, begann Tidwell. »Zuerst zu euch, Soldaten des ersten Teams! Ein Hinterhalt erfüllt nur dann seinen Zweck, wenn man das Feuer nicht zu früh eröffnet. Ihr hättet damit so lange warten müssen, bis alle in der Falle saßen. Was habt ihr statt dessen gemacht? Drei Mann erschossen und zwei am Leben gelassen, die euch jetzt gefährlich in die Zange nahmen – mit der Klippe in eurem Rücken!«

Die drei »Wiederbelebten« kamen in diesem Augenblick heran.

»Nun zu euch, den Überfallenen! Ihr habt euch viel zu dicht beieinander durchs Gelände bewegt. Dabei war euch bekannt, daß der Feind in der Nähe sein konnte. Bildet keine Gruppen! Bleibt weit auseinander! Um ein Haar hätte ein einzelner Feuerstoß eure ganze Gruppe außer Gefecht gesetzt.«

Sie hingen an seinen Lippen.

»Okay, für heute haben wir genug geübt. Meldet euch nach dem Mittagessen auf dem Schießstand für eine Stunde Strafdienst.«

Lautes Gelächter begrüßte diese Anordnung. Eine Stunde Strafdienst auf dem Schießstand war für sie, was ein Besuch im Disneyland für Kinder bedeutet. Seit die neuen Waffen eingetroffen waren, mußte man die Teams förmlich vom Schießstand wegjagen. Bei den Mahlzeiten wurde vorsorglich die Anwesenheitsstärke festgestellt. Es war nämlich vorgekommen, daß einzelne Gruppen auf das Mittagessen verzichteten, um sich heimlich auf den Schießstand zu schleichen.

Die Anführerin des zweiten Teams stürmte mit ihren Soldaten

über den Klippenrand in die Tiefe. Dabei warf sie Clancy einen wütenden Blick zu.

»Na, wie wird dir, Clancy, alter Freund? Wenn mich nicht alles täuscht, wird sie heute abend ein Hühnchen mit dir rupfen.«

»Soll sie!« Clancys Stimme war eiskalt. »Mir ist es lieber, sie wird hier bei der Übung niedergeschossen als im richtigen Krieg. Mit einem Warnungsruf hätte ich ihr keinen Gefallen getan. Sie muß es auf die harte Tour lernen. Dann wird sie es nicht vergessen.«

Tidwell verbarg ein Lächeln. Nach außen hin wirkte Clancy wie ein unbekümmerter netter Junge. Aber darunter verbarg sich eine hartgesottene und kaltblütige Soldatennatur. Vielleicht härter und kälter als seine eigene.

»Spaß beiseite, Clancy. Was hältst du von ihnen?«

»Das will ich dir sagen, Steve. Ich halte sie für die gemeinste und vielseitigste Kampftruppe, die die Welt je gesehen hat. Ohne Ausnahme! Noch mehr Ausbildung kann sie auch nicht stärker machen.«

Tidwell spürte eine Anwandlung von Rührung. Aber seiner Stimme war nichts anzumerken. »Freut mich, daß wir gleicher Ansicht sind, Clancy. Ich habe gerade heute morgen neue Befehle von Yamada erhalten. Das Datum des Tages X wurde geändert. Wir fliegen nächste Woche rüber.«

XIV

Romantisch hingegossen ruhte Judy Simmons nach dem Dinner in ihrem Sessel. Sie schaute in die brennende Kerze auf ihrem gewohnten Tisch. Das übrige Restaurant war nur noch matt erleuchtet.

Fred trank seinen Kaffee. Dabei beobachtete er sie vorsichtig. Sie gehörte zweifellos zu den gefährlichsten Menschen, denen er je begegnet war.

Die beiden Unterhändler genossen die traditionelle blaue Stunde nach dem Dinner. Es war ein kurzes Atemholen, bevor sie sich wieder, unterstützt von einigen Drinks, in die aufreibenden Verhandlungen des Nachmittags stürzten.

Judy war eine auffallende Schönheit. Auf der Straße drehten die Männer sich unweigerlich nach ihr um. Aber in diesem verlockenden Körper wohnte ein messerscharfer Verstand.

Schon die Verhandlungen mit Ivan hatten Fred oft an den Rand der Verzweiflung gebracht. Die Sturheit des Mannes und seine Weigerung, auch nur einen Fingerbreit von seinen Instruktionen abzuweichen, ging zeitweise an die Nerven. Seine Nachfolgerin, diese bildhübsche süße Handvoll, war eine Katze von anderer Rasse. Mit scheuem Lächeln setzte sie Argument gegen Argument, Vorschlag gegen Vorschlag und stellte sofort Fallen auf, wenn sie einen Hinterhalt der anderen Seite witterte.

Vier Wochen dauerten die Gespräche schon an und waren jetzt an einem Punkt angelangt, wo es ohne ersichtlichen Grund weder voran noch zurückzugehen schien. Zuerst hatten Freds Kollegen noch ihre Scherze gemacht. »Der Alte ist immun gegen die Zauberkünste der kleinen Hexe.«

Aber nun wurden sie allmählich unruhig. Sie begannen zu sticheln. Sie verdächtigten ihn, »die Verhandlungen absichtlich in die Länge zu ziehen«.

In Wirklichkeit war er keineswegs immun gegen ihren Zauber. Aber er dachte auch nicht daran, es aus Ungeduld auf eine Kraftprobe ankommen zu lassen. Bei allen Sitzungen hatten ihn ihre schnelle Auffassungsgabe und ihr eiserner Wille beeindruckt. Es war sinnlos, mit gesenktem Kopf auf sie loszustürmen. Nein, Sir! Sie war hinreißend, aber ihre Siege waren das Ergebnis harter Arbeit.

»Fred.« Ihre Stimme riß ihn aus der träumerischen Stimmung. »Kann ich dich einmal privat sprechen? Ich meine, ohne daß wir wie üblich miteinander streiten?«

Fred spürte eine milde Überraschung. Irgend etwas war im Busch! Sie benahm sich ganz anders als sonst. Durch jahrelange

Erfahrungen war er, ohne sich dessen richtig bewußt zu sein, ein scharfer Beobachter der Körpersprache geworden.

Und jetzt drückte ihr Benehmen eine große Veränderung aus. Gewöhnlich saß sie zurückgelehnt und reckte sich nur manchmal wie eine satte Dschungelkatze, die ihre Umwelt auf Abstand hält. Jetzt beugte sie sich ihm entgegen, stützte sich auf die Ellbogen, und ihr Körper strahlte eine nie dagewesene Anteilnahme aus.

Und ihre Augen . . . Sie waren normalerweise ziemlich ausdrucksvoll. Jetzt vermieden sie seinen Blick. Manchmal schaute sie vor sich auf den Tisch, dann wieder auf einen Punkt hinter seinem Rücken. Es war, als mache sie das, was sie sagen wollte, verlegen.

Während seiner heimlichen Beobachtungen bei Sitzungen und in den letzten vier Wochen des Beisammenseins hatte er sie nie in dieser Stimmung erlebt. Was immer sie vorbringen mochte, es hatte nichts mit ihren Instruktionen und Leitlinien zu tun.

»Es geht mir um die Sache mit der internationalen Geldwährung. Du hast dich bei der Vormittagssitzung scharf dagegen ausgesprochen.«

»Ganz recht. Die Idee ist unausgegoren. Die Kosten für den Ausbau des Systems würden ins Astronomische steigen. Wenn ich nur an die Verhinderung von Fälschungen denke . . .«

Sie unterbrach ihn. Ihre ärgerliche Handbewegung schien eine lästige Fliege wegzuscheuchen. »Ich weiß, ich weiß. Ich hab' dich doch heute zur Genüge sprechen hören. Du hältst sehr nette Reden . . . aber diesmal . . . diesmal glaube ich, daß du dabei bist, das falsche Schwein zu schlachten.«

»Ach, Scheiße! Nur weil ein paar kleine Genies in eurem Team auf die Idee kamen, braucht sie nicht gut zu sein . . .«

»Hör mir doch zu! Ich bin ja auch dagegen!«

Sie funkelten einander feindselig an. Ein paar Sekunden lang herrschte Schweigen. Dann begriff Fred die volle Bedeutung ihrer Worte, und sein Ärger wich einer gewissen Unsicherheit.

»Verzeih. Aber du hast nichts dergleichen bei der Sitzung geäußert.«

»Ich weiß. Das kam, weil ich zuerst selber nicht begriff, was sich da anbahnte. Es war wie in einem Alptraum, aus dem man früher oder später zu erwachen hofft.« Sie starrte in ihren Kaffee.

Höflich wartete Fred, bis sie sich wieder in der Hand hatte.

»Du sprichst über astronomische Kosten, Fred. Aber hast du die Angelegenheit überhaupt bis zu Ende durchdacht? Hast du dir einmal wirklich die Folgen richtig ausgemalt? Was würde denn geschehen, wenn sich die großen multinationalen Konzerne zusammentäten, um eine Weltwährung zu schaffen?«

Jetzt sah sie ihn voll an. Ihre tiefdunklen Augen bekamen einen bittenden Ausdruck, als sie fortfuhr:

»Geld regiert die Welt. Und sämtliche Staaten haben sich das Währungsmonopol vorbehalten. Wenn wir es jetzt durch eine eigene Währung ersetzen, wird das mit Bestimmtheit gewaltige Erleichterungen für den internationalen Handel und eine Kostenstabilisierung bringen. Aber die Regierung wird sich das nicht gefallen lassen. Sie wird über uns herfallen – mit all ihren Machtmitteln. Nicht nur eine oder zwei Regierungen, sondern alle! Im Bestreben, die Multinationalen auf die Knie zu zwingen, werden sie sich so einig sein wie nie zuvor. Es würde mich nicht wundern, wenn da sogar der K-Block mitmischte. Und deshalb bin ich dagegen!«

Fred ließ sich ihre Worte durch den Kopf gehen. »Bist du wirklich überzeugt, daß es so kommen würde?«

»Was steht dem entgegen? Weißt du etwas?«

Fred griff nach seiner Kaffeetasse, setzte sie aber gleich wieder ab. »Alle Nationen zusammen . . . wenn . . . Wirklich, darüber muß ich erst mal richtig nachdenken.«

Als er sie ansah, wurde ihm klar, daß sie immer noch in unbestimmte Fernen starrte. »He, Judy!« Seine Stimme klang weich und voller Anteilnahme.

Sie kam zu sich. Tränen standen in ihren Augen.

»Der Vorschlag scheint dir ja einen Mordsschrecken eingejagt zu haben«, sagte er.

Statt einer Antwort stand sie auf und verschwand auf der Damentoilette.

Während Fred dem Kellner winkte, überlegte er die Lage. Er hatte sich oft gefragt, wie man Judys Selbstbeherrschung brechen könnte. Jetzt wußte er es.

Der Kellner kam und hinterließ das kleine schwarze Tablett mit der Rechnung darauf.

Fred starrte sie eine volle Minute lang versunken an. Dann zog er die Brieftasche und zählte sorgfältig das kleine Häufchen Banknoten aufs Tablett. Im Handumdrehen verschwand es mit einem gemurmelten Dank seitens des Kellners vom Tisch. Fred steckte sich eine Zigarette an und wartete.

Einige Minuten später kam Judy zurück. Ihr Gesicht war blaß, aber das Make-up war wieder in Ordnung. »Entschuldige, Fred, aber ich . . .«

»Wollen wir gehen?« Als er aufstand, deutete nichts in seiner Haltung an, daß sich eben etwas Ungewöhnliches ereignet hatte.

»Aber was ist mit der Rechnung?«

»Ich hab' bezahlt.«

»Oh, Fred, heute war ich dran zu zahlen.«

»Ich hab' bezahlt.«

»Aber ich hätte es sowieso über Spesen abgerechnet . . .«

»*Ich* hab' bezahlt.«

Plötzlich verstand sie. Ihre Lider flatterten. »Oh.«

»Ich bring dich ins Hotel. Wir nehmen einen Schlaftrunk . . . irgendwo, wo wir ganz allein sind.«

XV

»Kleingeld? He, Mann, haben Sie etwas Kleingeld übrig?«

Auf dem brasilianischen Flughafen wimmelte es von jugendlichen Bettlern. Tidwell schritt weiter, ohne auf den Jungen zu achten. Aber Clancy blieb stehen und suchte in der Tasche nach Kleingeld.

»Komm doch, Clancy! Wir wollen vor den Japanern durch den Zoll!«

»Ganz richtig, Mann«, mischte sich der Junge ein. »Sind diese Japse nicht eine wahre Landplage? So geht es schon seit fast einer Woche.«

Aus Neugier nahm Tidwell das Gespräch auf. »Ist irgendwie bekannt, was sie alle hier machen?«

»Ein großes Rundreise-Programm. Ein japanisches Unternehmen hat dieses Jahr seinen Beschäftigten statt der üblichen Gehaltserhöhung zur Abwechslung mal 'ne Reise spendiert.« Er spuckte in die Halle. »Verdammte knickrige Bande. Keiner rückt mit der kleinsten Münze raus.«

»Hier«, sagte Tidwell und drückte ihm einen Dollar in die Hand. »Zum Ausgleich!«

»He, Mann, vielen Dank. Wenn Sie schnell durch den Zoll kommen wollen, nehmen Sie ihre Koffer, gehen zu dem dünnen Kerl da hinten und geben ihm einen Zehner. Dann werden Sie nicht mal kontrolliert!« Und damit machte sich der Junge davon, um nach neuer Beute zu suchen.

»Du Heuchler!« schimpfte Clancy mit unterdrückter Stimme. »Seit wann bist du denn so verdammt großzügig?«

»Seit ich die Ausgaben unter Spesen abbuchen kann. Dies vermerke ich als ›zehn Dollar für einen Informanten‹. Komm, von dem Verdienst geb' ich einen Drink aus!«

»Eigentlich möchte ich lieber hierbleiben und aufpassen, daß alles ohne Zwischenfall abläuft.«

»Mach dir keine Sorgen!« Tidwell überblickte die Flughalle. »Die tollste Invasion, die ich je erlebt habe.«

Am anderen Ende der Halle stand der Rest der eingesickerten Gruppe. Sie schnatterten aufgeregt und fotografierten unaufhörlich. Tidwell und Clancy waren mit einer Linienmaschine eine halbe Stunde nach dem Charterflug gelandet. Aber die Gruppe schwirrte immer noch hin und her.

Sie wirkten wie echte Touristen. Jeder war mit Kameraausrüstung behängt. Selbst Tidwell hätte seine Mannschaft eiskalter Killer nicht von den vielen anderen fernöstlichen Reisegruppen unterscheiden können, die die Flughäfen der Welt bevölkern.

»He! Da seid ihr ja!«

Die beiden Söldner zuckten zusammen. Harry Beckingtons entnervende Stimme war unverkennbar. Sieben Flugstunden lang waren sie ihr unentrinnbar ausgesetzt gewesen. Sie hatten nach dem Aussteigen beide den gleichen Gedanken gehabt: bloß weg von dem Kerl! Er diente zwar unfreiwillig als Tarnung, aber er war kaum zu ertragen . . .

»Dachte schon, ich würde euch unter all den Schlitzaugen hier nicht wiederfinden!«

Ihr Lächeln war mehr als gezwungen. »Wirklich 'ne Menge Schlitzaugen hier«, sagte Clancy lahm.

»Ja, das ist ihre Art. Erst kommen nur wenige, und ehe man sich's versieht, steht man eingekeilt unter ihnen.«

»Genauso ist es, stimmt«, grinste Tidwell.

»Kommt mit! Will euch einen ausgeben!«

Beim Sprechen zeigte Beckington zur Bar und stieß mit einem Mann der »Touristengruppe« zusammen. Mit Aki.

Aki war nicht absichtlich so dicht an den drei Amerikanern vorbeigeschlendert. Aber er war ihnen auch nicht gerade aus dem Wege gegangen. Er kam vom Souvenirkiosk, und die drei standen ihm zufällig im Wege.

In den Invasions-Befehlen der Streitkräfte regelte ein besonderer Punkt zufällige Begegnungen. Es hieß, daß man sich nicht aus dem Wege gehen sollte. Einem aufmerksamen Beobachter entgeht es nie, wenn eine Personengruppe es eifrig vermeidet, einer anderen Gruppe zu begegnen. Daher hielt Aki es nicht für geraten, seine Schritte woandershin zu lenken. Er versuchte aber, an den drei Männern vorbeizukommen, ohne sie anzustoßen. Dabei rannte er gegen Beckingtons plötzlich ausgestreckten Arm.

Akis Arm war noch von dem Zweikampf mit Tidwell her in der Schlinge. Ausgerechnet der verwundete Arm wurde getroffen. Unwillkürlich trat er einen Schritt zurück und stolperte über Beckingtons Aktentasche.

»Paß doch auf, Japs! Schöne Schweinerei hast du angerichtet!«

Aki bot ein Musterbild der Höflichkeit. Breit lächelnd, verbeugte er sich. »Bitte entschuldigen. Sehr ungeschickt!«

»Entschuldigen, Scheiße! Du wirst das hier alles aufheben!«

Beckington packte ihn an dem verwundeten Arm und deutete dann auf die am Boden verstreuten Papiere.

»Um Gottes willen, Beckington«, mischte sich Tidwell ein. »Der Mann hat einen schlimmen Arm!«

»Schlimmen Arm, Unsinn! Wahrscheinlich hat er da Schmuggelware versteckt. Wie ist es, Japs? Was schmuggelst du?« Und er schüttelte den verwundeten Arm in der Schlinge.

Auf Akis Stirn erschienen kleine Schweißtropfen, aber er fuhr fort zu lächeln. »Nicht schmuggeln. Bitte – will Papier aufheben.«

Beckington versetzte ihm einen Stoß und ließ ihn dann frei. »Na, dann beeil dich!«

»Vorsicht, Beckington«, riet Clancy. »Vielleicht kann er Karate.«

»Unsinn!« schnarrte Beckington. »Mit dem Hokuspokus kann man mir doch keine Angst einjagen!« Aber er trat doch vorsichtshalber beiseite.

»Hier sind Papiere. Bitte entschuldigen. Sehr ungeschickt.«

Beckington machte eine ungeduldige Handbewegung. Aki legte die aufgesammelten Papiere in die Aktentasche und begab sich zu der Gruppe am anderen Ende der Halle.

»Junge, Junge, so was macht mich wild! Manche Leute bilden

sich ein, sowie sie im Ausland sind, könnten sie sich alles erlauben.«

»Ja, solche Leute regen mich auch auf«, sagte Tidwell ironisch.

Aber Beckington bezog die Bemerkung keineswegs auf sich. »Ach so, ich wollte euch ja gerade einen Drink ausgeben. Seid ihr so weit?«

»Wir dürfen nicht«, sagte Clancy.

»Ihr dürft nicht – warum nicht?«

»Wir gehören nämlich zu den Anonymen Alkoholikern. Wir sollen hier eine neue Zweigstelle einrichten.«

»Anonyme Alkoholiker?«

»Ja«, bestätigte Tidwell mit unschuldigem Gesicht. »Wir sind in der nationalen Leitung.«

»Aber ihr habt doch im Flugzeug Alkohol getrunken.«

»Oh, das«, sagte Clancy schnell. »Das war in Wirklichkeit geeister Tee. Wir haben die Erfahrung gemacht, daß man auf der Reise sowieso keine Leute bekehren kann. Deshalb heulen wir scheinbar so lange mit den Wölfen, bis sich die Gelegenheit zu wirklicher Bekehrungsarbeit ergibt.«

»Haben Sie schon mal bedacht, wie Alkohol auf Ihr Nervensystem wirkt? Warten Sie bitte ein paar Sekunden, und ich gebe Ihnen einige Aufklärungsschriften, in denen Sie alles nachlesen können.« Tidwell kramte energisch in seiner Flugtasche.

»Ah nein . . . ich muß mich beeilen. Nett, euch kennengelernt zu haben, Jungs.« Beckington steuerte unschlüssig auf die Bar zu. Plötzlich wandte er sich und ging schnurstracks in die Herrentoilette.

Tidwell schüttete sich vor Lachen aus.

»Alkoholiker . . . Beim Himmel, Clancy, wo holst du nur immer diese Einfälle her?«

»Das war so ein Gedankenblitz. Jedenfalls sind wir ihn doch schnell losgeworden, nicht wahr?«

»Und ob! Komm, laß uns hier verschwinden, bevor er zurückkommt!«

»Können wir nicht ein paar Minuten bleiben, Steve?«

Tidwell brach mitten im Gelächter ab. »Was ist? Schwierigkeiten?«

»Nicht direkt. Erst mal abwarten. Kann ja sein, daß nichts passiert. Komm, unterhalten wir uns ein paar Minuten. Egal, worüber.«

»Großartig. Erinnere mich bei Gelegenheit daran, daß ich dich wegen Befehlsverweigerung feuere. Was ist mit Aki? Glaubst du, daß er während des Zwischenfalls immer ruhig Blut behielt?«

»Hmmm . . .«

»Dieser Beckington ist ein richtiger Scheißer. Wenn wir nicht im Einsatz wären, würde ich ihm liebend gern die Fresse polieren.«

»Hm, hm.«

»Dammit, jetzt reicht's mir! Wenn du nicht sofort sagst, was los ist, streiche ich dir die Schnapsration!«

»Na . . . wir haben möglicherweise ein kleines Problem.«

»Raus damit, Clancy!«

»Du hast doch gesehen, wo Beckington hingegangen ist?«

»Ja, auf die Toilette. Na und?«

»Na und! Aki ist auch drin!«

»Was?«

»Er drehte um und schlich rein, als wir Beckington gerade erzählten, daß wir zu den Anonymen Alkoholikern gehörten. Vielleicht wollte er eine schmerzstillende Tablette einnehmen.«

»Sind noch mehr Leute drin?«

»Nur die beiden.«

»Himmel! Du glaubst doch nicht, daß Aki . . .«

»Hier draußen nicht. Aber da drin ist die Versuchung natürlich groß.«

Schweigend starrten die beiden Männer eine Zeitlang an die Decke. Niemand kam aus der Herrentoilette. Endlich stieß Tidwell einen Seufzer aus und wollte auf die Tür zugehen. Clancy stoppte ihn mit einer Handbewegung. »Hör mal, Steve, laß ihn doch ruhig . . .«

»Geht nicht. Wir dürfen unter keinen Umständen auffallen. Es könnte uns passieren, daß sie alle Japaner auf dem Flughafen festhalten und von der Polizei untersuchen lassen. Gehen wir also!«

Sie marschierten auf die Tür zu. Tidwell hob eben die Hand, um die Tür zu öffnen – da ging sie von innen auf.

»Ach, ihr seid's, Jungs? Na, wie sieht es mit der Trockenlegung Brasiliens aus? Tut mir nur einen Gefallen und laßt die Bars erst schließen, wenn ich wieder abgereist bin, versteht ihr?«

»Ja . . . sicher, Harry. Machen wir.«

»Na, dann bis zum nächstenmal.«

Er ließ sie stehen und schritt zur Bar.

Fast mechanisch öffneten die beiden Söldner die Tür und betraten den Waschraum. Aki trocknete sich die Hände unter dem automatischen Heißluftspender. Er sah fragend auf.

»Bist du okay, Aki?«

»Sicher, Mr. Tidwell. Warum fragen Sie?«

Die beiden Männer traten verlegen von einem Fuß auf den anderen. »Wir . . . äh . . . wir dachten . . . nach dem, was das draußen passiert ist . . .«

Aki runzelte die Stirn. Plötzlich begriff er und antwortete lächelnd: »Ah, ich weiß, was Sie meinen. Sie hatten Angst, ich würde . . . Mr. Tidwell, ich bin ein Söldner unter Vertrag. Seien Sie versichert, daß ich nie etwas tun werde, was die Aufmerksamkeit auf unsere Streitkräfte oder auf mich lenkt.«

Und damit begaben sich die drei Söldner in die Halle, um die Invasion fortzusetzen.

XVI

Wolfe! Der böse Wolfe! Also, nun würde er endlich Wolfe Rede und Antwort stehen müssen.

Pete nahm die Ecke mit einer beinahe militärischen Schwenkung. Wie üblich war der Flur der leitenden Angestellten leer. Niemand ließ sich gern beim müßigen Umherwandern erwischen. Schlecht fürs Image. Ohne menschliches Leben wirkte der Flur trotz der Wandteppiche, Bilder und Statuen kalt und unfreundlich. Pete kam es immer so vor, als führte der Korridor zu einem Atombunker oder einer geheimen unterirdischen Militärstellung.

Nach drei Tagen ließ Wolfe ihn endlich kommen. Nun, Pete würde ihm schon einiges flüstern!

Ja, würde er es wirklich tun? Pete glaubte selber nicht an so viel eigenen Mut. Sei doch ehrlich, Pete! Du hast Angst. Nein . . . Angst direkt nicht. Aber du bist nervös. Okay . . . gib es zu. Sieh den Tatsachen ins Gesicht!

Irgend etwas stimmte nicht. Stimmte ganz und gar nicht. Erst mal bin ich nicht Nummer eins geworden. Aber noch schlimmer. Nach drei Wochen als kommissarischer Abteilungsleiter – taucht Wolfe auf. Ausgerechnet Wolfe! Er ist bekannt als Feuerwehrmann und Henker des Konzerns. Üblicherweise bleibt er nur kurz in jedem Job, und immer rollen dabei Köpfe.

Na und? Ich habe schon mehr Säuberungsaktionen überlebt. Ja, aber er ist drei Tage hier – und erst jetzt läßt er mich kommen. Gewöhnlich beruft ein neuer Chef den Stellvertreter sofort zu sich, läßt sich einführen, schwache Punkte erklären und so weiter. Seine Taktik dagegen . . . na, er will mich in Panikstimmung bringen. Läßt mich drei Tage lang schwitzen und beordert mich dann geheimnisvoll zu sich. So daß ich vor lauter Hosenflattern den Mund aufreiße und alle Kollegen anschwärze. Na klar, das hat er beabsichtigt. Und es wirkt ja auch!

Okay. Du hast es dir selber eingestanden. Jetzt hole tief Atem und sei tapfer! Haltung, Junge!

Rechts! Wolfes Bürotür erschien drohend vor ihm. Er holte tief Atem, hob die geballte Faust und klopfte zweimal leicht mit dem Knöchel.

Ein . . . zwei . . . drei Herzschläge. Fünf. Das Licht über der Tür flammte grün auf. Er drehte den Türknopf und trat ein.

Wolfe strahlte ihn an, als er sich hinter seinem Schreibtisch erhob. »Kommen Sie rein, Hornsby. Pete, nicht wahr?«

»Ja, Sir.«

»Bitte nicht so förmlich. Ich heiße Emil.«

Sie schüttelten sich die Hand, und Wolfe bot ihm einen Sessel an.

»Tut mir leid, daß wir uns jetzt erst sehen. Aber wir haben ein Problem.«

»Das war mir klar, als man Sie hierher berief«, lächelte Pete.

»So?« Wolfe schien überrascht und amüsiert zugleich. »Wie denn?«

»Na ja . . . Sie haben den Ruf . . . nicht wahr . . .«

»Den Ruf des Henkers?« Wolfe wies den Vorwurf mit einer Geste weit von sich. »Weit übertrieben, das können Sie mir glauben. Für mich auch ein bißchen ärgerlich. Die Leute gehen mir aus dem Wege.«

»Entschuldigen Sie, daß ich es erwähnte.«

»Ganz im Gegenteil. Freue mich immer, wenn ich aus den Reihen der Angestellten höre, wie man über mich denkt. Ja, wo waren wir?«

»Bei dem Problem.«

»O ja. Wir haben ein großes Problem. Das Problem sind Sie, Pete!«

»Ich, Sir?« Petes Hände begannen zu flattern.

»Ja. Man hat Sie zum zweitenmal bei der Beförderung übergangen, stimmt's?«

»Nun ja . . . ich steige eben langsamer auf . . . Langsam und stetig.«

»Trotzdem ist das kein gutes Zeichen.«

»Ich bin vollauf mit dieser Kriegssache beschäftigt.«

»Das zeigt, daß Sie sich nicht so entwickeln, wie wir hofften – oder wie Sie hofften, natürlich«, fuhr Wolfe fort.

»Aber ich wußte doch gar nicht . . .«

»Und darum haben wir einen Entlassungsplan für Sie ausgearbeitet. Sie erhalten noch sechs Monate lang Ihr volles Gehalt und weitere . . .«

»Nein, verdammt noch mal!« Pete war aufgesprungen.

»Setzen Sie sich, Pete, Sie haben hier überhaupt kein Recht zu schreien.«

»Wenn Sie mit meinen Leistungen nicht zufrieden sind, gibt es andere Möglichkeiten, wie Sie sehr gut wissen! Ich habe schon daran gedacht, um Versetzung zu bitten.«

»Pete, ich versuche hier in aller Güte . . .«

»Wie ist es mit einer Versetzung?«

»Hören Sie, Hornsby!« Wolfe machte jetzt ein strenges Gesicht. »Ich habe mich um eine Versetzung für Sie bemüht! Eine Woche lang bevor ich kam und in den vergangenen drei Tagen auch! Niemand will Sie haben! Jetzt setzen Sie sich endlich!«

Pete sank wieder in den Sessel.

»Nun, wie schon gesagt«, fuhr Wolfe im Tonfall des freundlichen Verkäufers fort.

»Warum?«

Wolfe schürzte die Lippen. Nach einer Weile seufzte er und lehnte sich weit zurück. »Hauptsächlich wegen Eddie Bush.«

»Was ist mit ihm?«

»Besonders wegen der Umstände, unter denen er starb – so angenehm für Sie.«

»Jetzt wird's aber noch schöner! Wenn Sie damit sagen wollen . . .«

»Wenn wir einen klaren Beweis hätten, Hornsby, würden wir Sie den Justizbehörden übergeben, und damit wäre der Fall erledigt. Leider haben sich nur einige Verdachtsmomente ergeben. Vielleicht sind sie sogar unbegründet. Aber sie reichen aus, daß niemand unter Ihnen arbeiten will. Ich will Sie ebenfalls nicht haben, und auch sonst niemand.«

Pete senkte vor seinem Blick die Augen.

»Sie bekommen also, wie gesagt . . .«

»Wie lange Zeit habe ich?«

»Bitte?«

»Sie wissen, was ich meine.«

Wolfe seufzte. Zum erstenmal wirkte er beinahe mitfühlend. »In meinem Vorzimmer wartet ein bewaffneter Wachposten, um Sie hinauszugeleiten. Ihr Bürozimmer und Ihre Aktenschränke werden in diesen Minuten unter Schloß und Riegel gesetzt. Wenn Sie am Sonnabend herkommen, wird Sie ein Posten am Tor empfangen, Sie in Ihr Büro begleiten und dort aufpassen. Sie haben dann eine halbe Stunde Zeit, Ihre persönlichen Dinge einzupacken und mitzunehmen.«

»Weiß meine Abteilung Bescheid?«

»Als Sie zu mir ins Büro kamen, ließ ich es durch Rundschreiben allen mitteilen.«

Pete überlegte einen Augenblick. »Dann ist wohl weiter nichts zu sagen, wie?«

»Nun, ich würde Ihnen gern den Entlassungsplan auseinandersetzen, den wir für Sie ausgearbeitet haben. Ich denke, Sie werden ihn mehr als fair finden.«

»Ersparen Sie sich die Worte. Sie können mir ja einen Brief schicken. Jetzt möchte ich gern gehen.«

»Sehr gut.«

Pete erhob sich. »Sie haben Verständnis dafür, Sir, daß ich Ihnen nicht mehr die Hand reichen möchte?«

Wolfes Augen glitzerten kalt. »Offen gestanden hatte ich auch nicht die Absicht.«

Mit erhobenem Kopf schritt er über die Flure, gefolgt von dem Wachposten. Er fühlte sich körperlos, nicht der Erde verhaftet, wie im Traum.

Er wurde rausgeschmissen! Jetzt würde ihn keiner mehr engagieren. Aussichtslos, bei seinen Gehaltsansprüchen als Arbeitsloser ohne Referenzen eine neue Stellung zu bekommen!

Laß das, Pete! Darüber kannst du dir später den Kopf zerbrechen. Jetzt gestalte deinen Abgang mit Würde!

Er zwang sich, die Dinge fest ins Auge zu fassen und schaute sich erwartungsvoll nach allen Seiten um. Vielleicht daß er jemandem zunicken oder zublinzeln könnte, als sei nichts geschehen. Aber von den Leuten, denen er auf dem Wege begegnete, kannte er keinen. Und keiner nahm von ihm Notiz. Nicht daß sie absichtlich seinen Blick vermieden. Aber sie waren alle geschäftig, und ihre Augen glitten gleichgültig über ihn hinweg. Nur den Wachposten streiften einige erstaunte Blicke. Aus seiner Abteilung ließ sich niemand sehen. Sonst begegnete man immer dem einen oder dem anderen.

Das Fenster! Von einem Bürofenster aus konnte man auf den Parkplatz für leitende Angestellte hinuntersehen! An diesem Fenster würden sie stehen und seine Abfahrt beobachten. Einige würden ihm zum Abschied zuwinken. Andere würden nur aus krankhafter Neugier dastehen. Aber am Fenster würden sich alle versammeln!

Okay, Pete, mein Junge. Wir werden den Hundesöhnen zeigen, wie ein Peter Hornsby sein Schicksal trägt.

Als er ins Freie trat, zwang er sich zu einem forschen Schritt. Er wollte pfeifen. Es ging nicht. Nun, darauf kam es nicht an.

Dann erreichte er seinen Wagen und suchte nach den Schlüsseln. Die Neugier war stärker – er sandte einen verstohlenen Blick zu dem bewußten Fenster hinauf.

Niemand schaute heraus.

XVII

Mauser zuckte zusammen, als er mit der Pistole unterm Jackett gegen die Kante des Monitors stieß. Es gab ein lautes »Klong«. Er schaute sich verstohlen im Büro um, aber niemand schien etwas bemerkt zu haben. Erleichtert seufzte er auf. Doch schon packten ihn wieder Zweifel. Wahrscheinlich hatten die Angestellten den kleinen Zwischenfall doch mitbekommen und taten nur so, als hätten sie nichts gehört.

Es war allgemein bekannt, daß er eine Pistole bei sich trug. Eines Tages hatte er nämlich unabsichtlich den Schließmechanismus seiner Schulterhalfter ausgelöst, und die Waffe war vor sämtlichen Angestellten unter dem Jackett heraus auf den Fußboden gefallen.

Einige hatten überrascht die Augenbrauen angehoben. Aber die Mehrzahl hatte nur verständnisvoll gelächelt. Sie hielten ihn offenbar für albern, für ein Kind mit einer Spielzeugkanone, das sich einbildet, es sei ein gefürchteter Mann, der sich ständig in Lebensgefahr befindet. Sie begriffen überhaupt nicht, in welcher brisanten Situation sie sich alle befanden.

Andererseits – war die Lage denn wirklich so brisant? Zum hundertsten Mal überlegte Mauser, ob er die Waffe nicht in den Laden zurückbringen sollte. Sie nützte ihm kaum etwas, verursachte ihm aber viele peinliche Augenblicke. Wenn er sich abends auszog und die Pistole reinigte, versäumte seine Frau es nie, abfällige Bemerkungen über das »Ding« zu machen. Zwar ertrug er das in stoischem Schweigen. Auf die Dauer aber ging es ihm doch schwer an die Nerven.

Er kam sich manchmal wie ein Idiot vor. Wer sollte ihn denn überhaupt angreifen? Er war kein Prominenter. Er stellte überhaupt nichts Besonderes dar. Er traf keinerlei Entscheidungen. Ja, er zog nicht einmal Nutzen aus den vielen, vielen Informationen, die durch sein Büro liefen.

Er war ein Beobachter und kein Handelnder. Er hatte nur ein paar absonderlich wilde Theorien aufgestellt, die jedem einfallen konnten, wenn er die Weltpresse und die Fachorgane gründlich las und über den Inhalt nachdachte. Warum sollte sich jemand ausgerechnet ihn als Opfer herauspicken? Und wenn – was konnte er dann dagegen unternehmen?

In der vergangenen Woche hatte er einen Augenblick angenommen, man überfalle ihn. Er überquerte gerade den Parkplatz eines Einkaufszentrums, als ein Lieferwagen zurücksetzte und ihn dabei umriß. Der Mann am Steuer hätte ihn ohne weiteres überfahren können.

Statt dessen trat er unverzüglich auf die Bremse, sprang heraus und half Mauser auf die Beine. Dabei entschuldigte er sich wortreich und fragte ihn, ob er ihm einen Drink spendieren dürfe. Zu dieser Zeit lag Mausers Pistole sechzig Meter entfernt im Handschuhfach seines Wagens. Er hatte sie dort abgelegt, weil er befürchtete, die elektronische Diebstahlssicherung des Einkaufszentrums werde auf die Waffe ansprechen.

Einen ernstgemeinten Anschlag hätte er also nicht überlebt. Aber selbst wenn er die Waffe bei sich gehabt hätte, wie hätte er sich wehren sollen? Den Fahrer niederschießen, als der den Gang einlegte? Dabei hätte er hauptsächlich unschuldige Passanten gefährdet. Außerdem arbeiteten die Killergruppen ja auf ganz andere Weise. Sie schossen mit Zielfernrohrgewehren aus weiter Entfernung auf ihre Opfer.

Okay, wenn ihm das einmal passieren sollte, wie sollte er sich dann verhalten – vorausgesetzt, der erste Schuß ginge vorbei, was äußerst selten geschah? Seine Pistole ziehen und das Feuer erwidern? Auf einen Berufskiller, der zwei Häuserblocks entfernt hinter einem Zielfernrohrgewehr lag? Keine Chance hätte er da.

Seine Waffe war eine Walther P-38, eine auf nahe Entfernung unangenehm durchschlagskräftige Automatic mittleren Kalibers mit Double-Action. Er trug sie geladen und gesichert und konnte ohne Nachladen oder Hammerspannen das ganze Magazin verfeuern. Mindestens einmal in der Woche trainierte er auf einem Schießstand in der Nähe, bis er sich für einen annehmbaren Schützen hielt. Das hieß, er traf mit allen Kugeln eines Magazins eine Mannscheibe. Allerdings mußte er sich dazu so nah aufstellen, daß er sie auch mit einem Steinwurf getroffen hätte.

Er war eine Weile ganz zufrieden mit seinen Schießkünsten. Bis zu jenem Nachmittag, als ein junger Mann neben ihm die Scheibe mit jedem einzelnen Schuß besser traf als er, obwohl der Bursche, ohne zu zielen, aus der Hüfte feuerte. »Instinktschießen« nannte es der junge Mann und klagte dann darüber, daß seine Leistungen erheblich nachgelassen hätten, seit er von der Armee weg war.

Nein, Mauser hatte seit langem die Hoffnung aufgegeben, er könne sich erfolgreich gegen einen Profikiller zur Wehr setzen. Dennoch hing er hartnäckig an seiner Waffe. Sie schien ihm immerhin eine Chance zu bieten. Eine sehr geringe zwar. Aber immerhin. Waffenlos hatte er überhaupt keine Chance.

Er sah auf die Armbanduhr. Noch eine Stunde, und der Arbeitstag war vorüber. Er fieberte darauf, daß seine Angestellten gingen, damit er sich seinem Hobby widmen konnte. Heute waren zwei neue Posten aufgetaucht, mit denen er sich beschäftigen wollte.

Der erste war eine Anfrage von der Ölgesellschaft, die zu dem brasilianischen Zweig seines Lieblingsrätsels gehörte. Ihr Wunsch fiel so aus dem Rahmen, daß er sich fragte, ob sie ihn vielleicht nur zur Verwirrung der Konkurrenz geäußert hatte.

Sie wollten Namenslisten aller Personen, die im letzten Jahr den Dienst beim Schatzamt oder der staatlichen Münze in irgendeinem Land der freien Welt anfgekündigt hatten. Besondere Prämien wurden für den Nachweis von Personen geboten, die direkt mit dem Notendruck zu tun hatten.

Banknotendrucker? Was in aller Welt bedeutete das? In was für einer Klemme steckten sie, daß sie Währungsexperten brauchten – und zwar ganz besondere? Waren sie Opfer von Fälschungen geworden? Aber warum wandten sie sich dann nicht einfach an die zuständigen Behörden? Vielleicht war das Problem so groß, daß sie es lieber in aller Stille selber beheben wollten, als es an die amtliche Glocke zu hängen. Vielleicht war der Umfang der Fälschungen so gewaltig, daß sie bei ihrem Bekanntwerden eine Panik in Wirtschaftskreisen befürchteten.

Mauser schüttelte den Kopf.

Das waren nur vage Vermutungen. Tatsächlich tappte er völlig im dunkeln. Bevor er weitergehende Schlüsse zog, war es nötig, Akten und Zeitungen nach verwandten Symptomen zu durchforschen. Lieber wollte er sich erst mal mit dem zweiten neuen Posten beschäftigen.

Diese Anfrage stammte vom K-Block. Sie betraf jene japanischen Gesellschaften, die sie schon seit einiger Zeit beobachteten. Diesmal baten sie um eine vollständige Namensliste der Angestellten, die an der kostenlosen Weltreise teilnahmen. Wenn möglich, mit genauen Zeitplänen.

Reisegruppen! Sein brasilianisches Programm benötigte bereits zuviel Speicherplatz. Er mußte sich bald entscheiden, ob er zusätzliche Computerzeit bereitstellen oder das Programm optimieren wollte. Reisegruppen und Banknotendrucker! Das Rätsel wurde immer komplizierter.

Manchmal überlegte er, ob er sich das alles nur einbildete. Das war eine bekannte Gefahr im Nachrichtengeschäft. Man erhielt eine große Anzahl minder wichtiger Daten und maß ihnen zuviel Bedeutung bei. Wer genügend Phantasie besaß, konnte aus drei willkürlich ausgewählten Zeitungsartikeln Verschwörungen von internationalem Ausmaß herauslesen.

Man brauchte ja nur mal die Informationen über die Waffenfabriken zu nehmen. Plötzlich verlangten viele Gesellschaften, die auf seiner Liste standen, Auskünfte darüber, wer welche Waffen für wen herstellte. Lange Zeit hatte er über dem Sinn dieser Anfragen gerätselt. Dann fiel es ihm wie Schuppen von den Augen. Sie suchten eine Spur der Killergruppen!

Da die Killergruppen in der Tat Spezialwaffen benutzten, mußte sie ihnen ja irgend jemand verkaufen. Ein sehr cleverer Schachzug, auf den die Regierungen bisher nicht verfallen waren. Angenommen, er wäre ein übertrieben argwöhnischer Mensch, so hätte er in diese Anfragen wer weiß was hineingeheimnissen können.

Aber Reisegruppen? Wie in aller Welt paßten die ins Bild? Immerhin fiel ihm plötzlich ein, daß das erste Ziel der japanischen Reisegruppen Brasilien sein sollte! Damit zog sich eine wenn auch dünne Verbindungslinie von dem japanischen Konzern zu den übrigen Gesellschaften auf seiner Liste. Vielleicht nur ein

Zufall. Aber immerhin mochte es sich lohnen, da einmal nachzuhaken.

An dieser Stelle wurde er durch Miß Witley in seinen Gedankengängen unterbrochen. Sie teilte ihm mit, daß ein Herr im Vorzimmer sei, der ihm Nachrichten verkaufen wolle. Mauser war darüber durchaus nicht begeistert. Er überlegte schon, ob er den Besucher auf morgen vertrösten solle.

Nur sehr selten hatten Besucher, die persönlich ins Büro kamen, Wichtiges anzubieten. Außerdem verbreiteten sie sich gern stundenlang über die großen Gefahren, unter denen sie ihre Nachrichten beschafft hatten. Trotzdem fand sich manchmal ein Goldkorn in dem minderwertigen Schutt, und möglichen Agenten wies man eben grundsätzlich nicht die Tür.

Also bat er Miß Witley, den Mann ins Büro zu schicken. Als er eintrat, gruppierte Mausers erfahrener Blick ihn sofort als Angestellten einer Gesellschaft ein. Es war nicht nur der konservative Schnitt seines teuren Anzugs – es war die ganze Art, wie der Mann sich bewegte. Die Schultern waren verkrampft, das Lächeln war aufgesetzt, und seine erzwungene Freundlichkeit wirkte geradezu ärgerlich. Wahrscheinlich mittleres Management. Offenbar war der Mann in Nöten und überschätzte wahrscheinlich bei weitem den Wert seiner Informationen.

»Nett eingerichtet sind Sie«, sagte der Mann mit einer Handbewegung zu der langen Reihe von Monitoren.

Mauser erwiderte sein Lächeln nicht. Er wollte den Besuch schnell wieder loswerden.

»Miß Witley sagte mir, Sie hätten irgendwelche Nachrichten zu verkaufen?«

»Ja, ich habe Informationen über die Killergruppen der Terroristen, nach denen alle Welt fahndet.«

Mauser horchte auf. »So? Worin bestehen diese Informationen?«

»Sagen Sie mal, es macht Ihnen doch nichts aus, wenn ich rauche?«

»Mir wäre es lieber, Sie rauchten nicht«, sagte Mauser und

deutete unbestimmt auf die vielen elektronischen Geräte im Büro.

»Danke«, sagte der Mann und zündete sich ungerührt eine Zigarette an. »Wo waren wir stehengeblieben? Ach, ja. Ich weiß wahrscheinlich mehr über die Terroristen als irgendein anderer Mensch auf der Welt. Sie müssen wissen, ich habe sie nämlich für die Konzerne erfunden . . .«

Mauser bemerkte plötzlich, daß der Mann ziemlich betrunken war. Dennoch war seine Neugier geweckt. »Entschuldigen Sie, wie war doch gleich Ihr Name?«

»Hornsby, Peter Hornsby.«

XVIII

»Sag dem Fahrer, er soll das Tempo runtersetzen. Hier müßte es irgendwo in der Nähe sein.«

»Ich hab' aber die Busse noch nicht gesehen.« Clancy spähte durch die staubverschmierte Windschutzscheibe des Lastwagens.

»Keine Sorge, die müssen gleich kom . . . da sind sie!«

Die Busse kamen um die vor ihnen liegende Kurve und fuhren mit der für dieses Land charakteristischen Gemächlichkeit auf sie zu. Tidwell verdrehte sich beinahe den Hals, um an seinem Fahrer vorbei einen Blick auf die Passagiere in den Reisebussen zu werfen. Die Insassen lächelten und winkten ihnen freundlich zu. Tidwell vermerkte, daß keiner Fotos von ihnen machte.

Die Söldner lächelten ebenfalls und winkten zurück.

»Hast du leere Plätze gesehen?« fragte Tidwell.

»Einen oder zwei. Nichts Auffälliges.«

»Gut. Schau, da vorn ist es.«

Neben der Straße erhob sich eine kleine sanfte Anhöhe, eine von vielen an dieser hügligen, dschungelgesäumten Straße. Ohne daß man ihn hätte auffordern müssen, lenkte der Fahrer den Lastwagen von der Straße und hielt. Bewegungslos blieben sie sitzen. Einige Zeit verging. Dann trat Aki aus den Büschen und gab ein Handzeichen. Daraufhin stellte der Fahrer den Motor ab, stieg aus und zog sich gemächlich das Hemd über den Kopf.

Auch die beiden Amerikaner stiegen aus, gingen um den Lastwagen und öffneten die beiden Flügel der hinteren Tür. Dort saßen zwei Männer, die den Amerikanern ähnlich sahen und haargenau so gekleidet waren wie sie. Ohne ein Wort stiegen sie aus, begaben sich zur Fahrerkabine und nahmen die Plätze der beiden Amerikaner ein. Wie der Fahrer hatten sie ihre Anweisungen.

Die beiden Söldner betrachteten die Kisten auf der Ladefläche. Aki trat zu ihnen.

»Sind Wachen aufgestellt?«

»Ja, Sir.«

»Du machst dir zu viele Sorgen, Steve«, murrte Clancy. »Wir haben den ganzen Tag über kein anderes Fahrzeug auf der Straße gesehen.«

»Ich will vermeiden, daß mir eine Horde tolpatschiger Touristen das Unternehmen verpfuscht.«

»Dann beseitigen wir sie einfach. Wäre ja nicht das erstemal. Wir haben die Leute dazu.«

»Und verlieren zwei Stunden, um die Spuren zu beseitigen? Nein, danke.«

»Ich geh mal zu den Kampfgruppen hinüber und schick dir ein paar Leute her.«

Clancy entfernte sich vom Lastwagen und betrat den Wald an dem Busch, aus dem Aki vorhin herausgetreten war.

Nach fünf Metern Unterholz kam er auf eine Lichtung. Hier vollzogen die Teams ihre wunderbare Verwandlung. Neun Personen befanden sich auf der Lichtung. Einer, Aki, war an der Straße. Zwei Kampfgruppen also, und doch hatten die Busse noch voll besetzt ausgesehen.

Die Soldaten waren mitten im Umkleiden begriffen. Den Girls machte es schon lange nichts mehr aus, sich vor den Augen der

Männer nackt zu zeigen. Diese Hemmungen waren als erstes überwunden worden.

Die Kleidung, mit der sie in Brasilien eingetroffen waren, war mit großer Akribie entworfen und kunstgerecht geschneidert worden. Jetzt rissen sie das Futter aus Jacken und Hosen. Falsche Säume und Nähte wurden entfernt. Und zum Vorschein kamen die bekannten Kampfanzüge!

Clancy erschien mit dem ersten Karton. Er deutete mit dem Kopf nach hinten, und zwei Soldaten, die bereits mit dem Umziehen fertig waren, spritzten zur Straße. Clancy setzte den Karton ab. Mit dem Taschenmesser schlitzte er die Verpackung auf. Dann öffnete er die Klappen, und man sah eine Reihe von Spielzeug-Robotern.

Er packte die Roboter aus und öffnete eine weitere Klappe. Dahinter befanden sich Allwetterschuhe. Keineswegs neue. Die Soldaten hatten sie während der Übungen täglich getragen. Clancy suchte sein Paar heraus und zog sich an den Rand der Lichtung zurück, um sich umzukleiden. Einer nach dem anderen holten die Soldaten ihre Stiefel, nahmen sich einen Roboter und zogen sich weiter um.

Tidwell hatte seine eigenen Stiefel schon während der Autofahrt angehabt, um später Zeit zu sparen. Er stieß einen leisen Pfiff aus, winkte mit der Hand, und ein Soldat warf ihm einen Roboter zu. Er fing ihn auf und schraubte mit geübtem Griff einen Deckel am Kopfende ab. Dann faßte er vorsichtig hinein und holte das Aktivierungssystem für seinen Kampfanzug heraus. Er prüfte es genau. Als er sicher war, daß es gut funktionierte, befestigte er es auf der Innenseite seines Kampfanzuges, schraubte den Roboter wieder zu und stellte ihn in den Karton. Dann überwachte er die weiteren Arbeiten.

Immer neue Kartons wurden herangeschleppt. Die Riemen der Kamerataschen wurden abgehakt, in einer bestimmten Weise zurechtgelegt und wieder angeschnallt. So wurde aus der Fotoausrüstung des Touristen das Sturmgepäck des Soldaten. Modische Gürtel mit angenieteten Schmuckringen verwandelten sich durch ein paar Handgriffe in schwarzes Koppelzeug mit Karabinerhaken für Waffen, Gerät und Munition.

Mit besonderer Sorgfalt überwachte Tidwell den Zusammenbau der Waffen. Man stopfte Verpackungsmaterial aus dem Spielzeugkarton in Plastiktüten. In den Kamerataschen waren Flaschen verborgen. Ihren Inhalt goß man ebenfalls in die Plastiktüten. In kurzer Zeit ergab sich daraus eine knetbare Paste. Man preßte sie in die Fertigformen, die vorher unter den Schuhen verborgen gelegen hatten. Beim Erkalten bildeten sich Gewehrkolben.

Inzwischen waren die dreibeinigen Fotostative ausgepackt und auseinandergenommen worden. In den Höhlungen war die scharfe Munition versteckt. Tidwell ließ sie jetzt verteilen. Dabei schmunzelte er schadenfroh. Alle Waffen seiner Streitkräfte waren konvertierbar. Das bedeutet: sie waren ursprünglich für den Gebrauch von harmloser Quarzkristall-Munition bestimmt, konnten aber jederzeit im Handumdrehen für das Verschießen scharfer Munition hergerichtet werden, falls die kriegführenden Konzerne es nicht anders haben wollten.

Das unterste und längste Stück der Stativbeine ließ sich leicht in drei Teile auseinandernehmen. Nun hatte man die Pistolenläufe und die kurzen Doppelläufe der Schrotflinten, die auf kurze Entfernung so verheerende Wirkungen erzielen. Die Mittelteile versah man mit Handgriffen und Verschlüssen. Sie dienten als Rohre für Mini-Granaten, die man bisher in den 35-mm-Filmrollen transportiert hatte.

Auf das oberste und kürzeste Beinstück wurde eine füllhalterdünne Fernrohr-Zieleinrichtung aufgeschraubt – fertig waren die Gewehrläufe. Verschlüsse und Abzugsvorrichtungen tauchten aus Kameras und anderen in den Kartons verpackten Spielzeugen auf.

Zum Schein wurden alle Kartons wieder mit den Spielzeugen und allen Resten gefüllt. Nur einer nicht. Er enthielt, in Gummieinlagen verpackt, Dolche und Schwerter – Samurai-Schwerter. Mit den Fingernägeln entfernten die Soldaten die schützende Gummiauflage. Bald glitzerten die scharfen Klingen kampflüstern in der Sonne. Es waren die einzigen Waffen, gegen die der Kampfanzug nicht schützte.

Zum Schluß entfernte man die Deklarierung der Kisten. Dabei kam eine neue Deklarierung zum Vorschein. Auf ihr stand: »Kamerateile.« Mit den Fetzen der unbrauchbar gemachten ehemaligen Oberbekleidung wurden die Gehäuse der ausgeweideten Kameras darin verpackt.

Alle Kisten wurden erneut versiegelt und auf dem Lastwagen verladen. Mit einem Fahrer, zwei Passagieren und einer Ladung von Spielzeug und Kamerazubehör trat das Auto den Rückweg an.

Mit grimmigem Lächeln beobachtete Tidwell die Abfahrt. Jetzt waren sie kampfbereit!

»Zieh die Wachen ein, Clancy! Wir haben einen langen Marsch vor uns.«

»Was ist mit Aki?«

Der Japaner kam auf sie zugerannt. Er wedelte aufgeregt mit den Händen. »Sir! Mr. Yamada über Funk!«

»Yamada?«

»Das kann nichts Gutes bedeuten, Steve.«

Sie rannten eilig zur Lichtung zurück, wo sich die Soldaten um den Funker geschart hatten. Tidwell ergriff das Mikrofon. »Tidwell hier.«

»Mr. Tidwell.« Yamadas Stimme klang durch atmosphärische Störungen verzerrt. »Sie begeben sich im Eilmarsch zum Rendezvous mit den anderen Kampfgruppen. Sie unternehmen keine – ich wiederhole: keine – Kampfhandlung gegen den Feind, sondern warten auf neue Befehle von mir.«

Tidwells Stirn umwölkte sich. Aber seine Stimme blieb die des respektvollen Befehlsempfängers. »Mitteilung verstanden. Darf ich fragen, warum?«

»Sie dürfen keine Kampfhandlung gegen den Feind unternehmen, bevor wir herausgefunden haben, wer unser Feind ist!«

»Was zum Teufel . . .«

»Halt den Mund, Clancy! Erklären Sie sich bitte genauer, Mr. Yamada!«

»Im Augenblick herrscht Waffenstillstand an der brasilianischen Front. Die Regierung der Vereinigten Staaten hat ihr Einschreiten beschlossen.«

XIX

KRIEG DER KONZERNE UNTER ANKLAGE

Der Bundesgerichtshof beschloß heute eine Untersuchung gegen mehrere größere Firmenkonzerne. Sie sollen sich untereinander im offenen Kriegszustand befinden. Die betroffenen Firmen verweigerten jeden Kommentar zu der Beschuldigung, sie hätten Söldnerarmeen engagiert. Auf der Liste der beschuldigten Firmen stehen mehrere größere Ölgesellschaften sowie Kommunikationsfirmen und Fischereiorganisationen. Da es sich zum Teil um multinationale Konzerne handelt, werden weltweite Auswirkungen befürchtet. (Fortsetzung auf Seite 28).

KONZERNE WIDERSETZEN SICH DER US-REGIERUNG

In einer gemeinsamen Presseverlautbarung widersetzten sich die angeblich kriegführenden Konzerne den Anordnungen der US-Regierung, ihre feindseligen Handlungen ein für allemal einzustellen. Sie sprachen heute nachmittag der Regierung das Recht auf Einmischung ab. Dabei wiesen sie darauf hin, daß die kriegerischen Handlungen nicht auf dem Territorium der USA stattfänden. Die Konzerne forderten Presse, Fernsehen und Funk dazu auf, dem amerikanischen Volk ihren Standpunkt zu erläutern. Ihrer Ansicht nach versuche die Regierung, die beteiligten Firmen durch Erpressung zum Nachgeben zu bewegen. Sie drohten nämlich, ihre US-Niederlassungen zu besetzen. »Diese Erpressung schreit zum Himmel. Im Namen des Rechts will die Regierung die Konzerne daran hindern, zum Wohle der Nation tätig zu sein. Ein solcher Versuch kann nur im Chaos enden.«

KONZERNE STELLTEN KILLERGRUPPEN AUF

Während die Konzerne gestern in mehreren Fernsehsendungen das von ihnen angeblich angewendete Konzept des »unblutigen Krieges« erläuterten, wurden neue Anklagen gegen sie erhoben. Sie sollen vor einiger Zeit dazu übergegangen sein, Gruppen von Profikillern zu engagieren. Diese Killer pirschten sich in den Straßen und Büros an leitende Persönlichkeiten konkurrierender Firmen heran. Zum Beweis wurden zahlreiche Morde an Managern und unschuldigen Passanten aufgeführt. Die Konzerne gaben keine Stellungnahme ab, dementierten aber entschieden eine Beteiligung an der gestrigen gewaltsamen Entführung des wichtigen Belastungszeugen Peter Hornsby, der als erster die Behörden über die kriegerischen Verwicklungen der multinationalen Konzerne informierte. Bei der Entführung wurden zwei US-Marshals erschossen. Von den Kidnappern fehlt jede Spur. (Fortsetzung Seite 6).

STRIKER WARNT VOR KRIEGSGEFAHR

Simon Striker, der bekannte politische Kommentator und Experte für den K-Block, warnte vor Kriegsgefahr. Wenn die Regierungen der freien Welt die bewaffneten Truppen der multinationalen Konzerne nicht stoppten, müsse damit gerechnet werden, daß der K-Block in Aktion träte. »Diese Gefahr darf niemand übersehen«, sagte Striker. (Fortsetzung Seite 14).

INTERNATIONALE WÄHRUNG GEPLANT

Dr. Kearns, Dekan der Wirtschaftswissenschaften am Institut für Technologie in Massachusetts, hält heute abend in unserer Stadt einen Vortrag über die von den Konzernen geplante internationale Währung – und was dahintersteckt. Der Gelehrte befindet sich zur Zeit auf einer US-Tournee, um in allen größeren Städten des Landes für die umstrittenen Maßnahmen der Konzerne zu werben. Die Einführung einer internationalen Währung würde nach Ansicht Dr. Kearns' einen stabilisierenden Einfluß auf den weltweiten Geldmarkt haben. Der Vortrag beginnt um 8 Uhr abends im Auditorium A des Wirtschaftsgebäudes. Der Eintritt ist frei.

AFRIKA DROHT DEN MULTIS

Die Liga der Afrikanischen Völker stellt sich auf die Seite jener Nationen, die Maßnahmen zur Kontrolle der multinationalen Konzerne erwägen. Damit sind nunmehr praktisch alle größeren Staaten der freien Welt zum Kampf gegen die Multis entschlossen. Gegenwärtig werden Pläne für ein bewaffnetes Eingreifen erwogen, falls die Konzerne ihre kriegerischen Handlungen nicht einstellen. (Fortsetzung Seite 12).

PROTESTDEMONSTRATIONEN IN ALLER WELT

Bürgerinitiativen haben für morgen mittag rund um den Erdball in allen größeren Städten Demonstrationen angekündigt. Dabei wollen Vertreter aller Lebensbereiche feierlich gegen die geplante Einmischung von Regierungsstreitkräften in die Konzernkriege protestieren. Eine Kriegserklärung ist niemals ein populäres Ereignis. Gewöhnlich versucht man die Bevölkerung in solchem Fall davon zu überzeugen, daß der schwerwiegende Schritt für die nationale Sicherheit unbedingt erforderlich sei. Davon kann in der augenblicklichen Lage nach Meinung vieler Bürger keine Rede sein. An den Demonstrationen wollen sich auch Vertreter von Berufsgruppen beteiligen, die sich gemeinhin von solchen Ereignissen fernhalten, nämlich einige Polizeigewerkschaften und mehrere Organisationen des öffentlichen Dienstes. (Fortsetzung Seite 8).

KRIEGSGERICHT DROHT DEMONSTRIERENDEN SOLDATEN

Ein Sprecher der vereinigten Streitkräfte warnte heute alle Militärangehörigen vor einer Beteiligung an den geplanten Protestdemonstrationen. Er drohte mit sofortiger Verhaftung und einem Verfahren vor dem Kriegsgericht. Dabei sei es unerheblich, ob der Soldat in Uniform oder in Zivil bei einer Demonstration erwischt werde.

FRIEDENSGESPRÄCHE UNTERBROCHEN

Die kürzlich begonnenen Friedensgespräche zwischen den multinationalen Konzernen und den Vereinten Regierungen der freien Welt wurden heute jäh unterbrochen, als mehrere Unterhändler der Regierungsseite die Sitzung unter Protest verließen.

Aus gewöhnlich gutunterrichteten Kreisen verlautet, daß der Auszug der Regierungsvertreter im Anschluß an einen Appell der Multis erfolgte, »die Regierungen sollten unverzüglich alle Pläne für eine Intervention und das damit verbundene unnötige Blutvergießen fallenlassen, da die Regierungstruppen den Krieg nie gewinnen würden«. Vermutlich wollten die Multis auf ihre angeblichen »Superwaffen« hinweisen, deren Existenz von den Regierungen heftig bestritten wird. »Eine Waffe ist immer nur so gut wie der Mann, der sie bedient«, erklärte ein hochgestellter Offizier der US Army. »Und wir haben die besten Soldaten der Welt!« Nur noch wenige Stunden verbleiben bis zum Beginn der angedrohten Intervention. (Fortsetzung Seite 7).

XX

Lieutenant Worthington von der US Army seufzte erleichtert auf, als der Konvoi in die Außenbezirke der Stadt einfuhr. Aber seine Schultern blieben verkrampft. Sie taten ihm schon weh. Er horchte auf das Stimmengewirr im Lastwagen. Die Soldaten machten Witze und sangen frivole Lieder. Er zuckte resignierend mit den Achseln.

Diese verdammten Idioten! Waren sie sich wirklich der Gefahren nicht bewußt, die sie in den vergangenen Stunden bedroht hatten? Sie waren hier, um gegen Söldner zu kämpfen, gegen abgehärtete Berufskiller. Mindestens ein dutzendmal hatten sie auf der Straße durch den Urwald Stellen passiert, die für einen Hinterhalt wie geschaffen waren. Aber die Männer schwatzten und lachten und vergaßen ganz, daß ihre Gewehre ungeladen waren.

Ärgerlich schüttelte der Lieutenant den Kopf. Die Taktik, die seine Führung hier verfolgte, paßte ihm ganz und gar nicht in den Kram. Für ihn war es selbstverständlich, daß eine Truppe, die ins Kampfgebiet einrückt, mit scharfer Munition ausgerüstet wird. Nur so konnte man Überfällen und anderen unliebsamen

Überraschungen mit Erfolg begegnen. Und verdammt noch mal, für seine Begriffe war das ganze Land Kampfgebiet!

Die Schreibtischgenerale im Pentagon hatten gut reden! Sie brauchten ihre Nasen ja nur in Karten und Statistiken zu stecken – und nicht mit ungeladenen Waffen durch ein Gelände zu kutschieren, wo man jeden Augenblick in eine Falle geraten konnte.

Worthington schielte mißtrauisch zu dem Fahrer neben sich. Ob der gemerkt hatte, daß seine Pistole scharf geladen war? Wahrscheinlich nicht. Bevor sie in die Lastwagen stiegen, hatte er das heimlich mitgeschmuggelte Magazin auf der Toilette in die Pistole gesteckt. Zum Teufel, und wenn er es gemerkt haben sollte, würde er ihn deswegen nicht gleich melden. Dann war er sicherlich glücklich darüber, daß wenigstens einer im Wagen mit seiner Waffe auch wirklich schießen konnte.

Jetzt waren sie in der Stadt. Die Soldaten auf dem Lastwagen jubelten laut, wenn sie eine hübsche Frau auf dem Bürgersteig erblickten, und riefen ihr unzüchtige Bemerkungen zu. Worthington sah mit mäßigem Interesse durchs Fenster auf die Häuser, an denen sie vorbeirollten. Plötzlich fuhr er hoch.

Da saßen in einem Vorgartencafé zwei Söldner in den inzwischen berühmt gewordenen Kampfanzügen, schlürften Drinks und plauderten mit zwei Zivilisten. Der Lieutenant reagierte auf der Stelle.

»Stop!«

»Aber, Sir . . .«

»Halt den Wagen an, dammit!«

Worthington war schon abgesprungen, bevor der Lastwagen mit kreischenden Bremsen zum Stillstand kam. Er riß die Pistole aus der Halfter. Die Soldaten auf der Ladefläche des Trucks purzelten durch das plötzliche Bremsen aufeinander. Wütende Schreie wurden laut. Worthington hörte nicht darauf. Er richtete die Pistole auf die beiden Söldner.

»Keine Bewegung, ihr beiden!«

Die Männer ließen sich überhaupt nicht stören. Ohne auf ihn zu achten, setzten sie ihr Gespräch fort.

»Ich habe gesagt: Keine Bewegung!«

Sie nahmen immer noch keine Notiz von ihm. Worthington kam sich allmählich lächerlich vor. Er spürte, daß der Fahrer ihn mißtrauisch vom Fahrzeug her beobachtete. Schon wollte er die Söldner abermals anschreien, als der eine ihn erblickte. Er legte seinem Kameraden die Hand auf den Arm, und nun schaute der ganze Tisch auf den Mann vor dem Lastwagen.

»Betrachten Sie sich als meine Gefangenen. Legen Sie die Hände über den Kopf und drehen Sie sich zur Wand!«

Sie hörten ihm höflich mit geneigten Köpfen zu. Kaum hatte er ausgesprochen, da gab ihm ein Söldner die Antwort. Es war eine international bekannte gemeine Geste. Die anderen am Tisch lachten laut und setzten dann ihr Gespräch fort.

Und wiederum stand Worthington da wie bestellt und nicht abgeholt. Die Demütigung peinigte ihn. Wut überschwemmte jede vernünftige Überlegung. Diese Hundesöhne!

Die Waffe in seiner Hand blitzte und bellte auf. Der Mündungsknall brachte ihn wieder zur Besinnung. Er hatte nicht mit Absicht geschossen. Sein Zeigefinger mußte sich durch einen nervösen Reflex gekrümmt haben . . .

Was war geschehen? Wo waren die Söldner? Aufgeregt suchte er nach ihnen. Der Tisch war leer. Aber dann sah er die beiden Männer in Zivil. Sie lagen auf dem Boden und hatten die Arme schützend über ihre Köpfe gelegt. Offenbar hatte er sie nicht getroffen. Gott sei Dank! Wenn er einen Zivilisten niederschoß, würde die Hölle los sein. Aber wo waren die Söldner geblieben?

Seine Männer sprangen aus dem Lastwagen. Er hörte sie durcheinanderrufen. Sie wollten wissen, was los sei. Eins war sicher – Soldaten mit ungeladenen Gewehren konnte er nicht hinter Söldnern herjagen lassen.

Plötzlich drang von der anderen Seite der Straße eine Stimme an sein Ohr.

»Irgend jemand verwundet da drüben?«

»Hat keinen getroffen!« antwortete eine andere Stimme aus dem dunklen Inneren des Cafés.

Der Lieutenant spähte in die Runde, konnte aber niemand entdecken.

»Tragen sie Kampfanzüge?« erkundigte sich eine dritte Stimme von weiter unten an der Straße.

»Sie tragen keine!« rief jemand aus der Gasse neben dem Café.

»Dann wurde also mit scharfer Munition geschossen?«

»Ich glaube, ja.«

Die Soldaten standen beim Lastwagen und verdrehten sich die Hälse, um einen der Rufer im Dunkeln auszumachen. Worthington merkte plötzlich, wie ihm der Schweiß ausbrach.

»Habt ihr das gehört, Jungs? Scharfe Munition!«

»Wenn sie es nicht anders haben wollen!«

Der Lieutenant öffnete den Mund, um etwas zu schreien. Aber es war zu spät. Schon die erste knatternde Salve übertönte jeden anderen Laut. Voll Entsetzen erkannte er, daß die Salve nicht ungezielt auf den Konvoi abgefeuert wurde. Da lagen Scharfschützen ringsum auf der Lauer. Jede Kugel traf ihren Mann. Dann explodierte eine Granate unter dem nächsten Lastwagen, und sein Bewußtsein wurde ausgelöscht.

Niemand hegte später Zweifel an dem Hergang des blutigen Zwischenfalls. Einer der beiden Zivilisten, die mit den Söldnern am Tisch saßen, war ein italienischer Offizier von den verbündeten Regierungstruppen. Er bestätigte die Verlautbarung der multinationalen Konzerne, daß ihre Streitkräfte in Notwehr gegen einen unprovozierten Angriff von seiten des Regierungs-Konvois gehandelt hätten.

Der andere Mann in Zivil war Reporter eines internationalen Pressedienstes. Sein Bericht, den Hunderte von Zeitungen veröffentlichten, goß noch mehr Öl auf das Feuer des Protests gegen die Intervention der Regierungstruppen.

Dennoch entschuldigten sich die multinationalen Konzerne in einer förmlichen Note bei den Regierungstruppen für das Blutbad. Sie verfehlten nicht, den Regierungstruppen bei dieser Gelegenheit ein klügeres Freizeit-Auftreten anzuraten. Nur dann könnten ähnliche Zwischenfälle vermieden werden.

In den Führungsgremien der Regierungstruppen kursierten eine Zeitlang geharnischte Rundschreiben. Aber man fand keinen Sündenbock, der für die Ausgabe scharfer Munition verantwortlich zu machen war.

Der Bürgermeister der betroffenen Stadt reagierte prompt und für alle verständlich. Er entzog den amerikanischen Truppen die Erlaubnis, in seiner Stadt Quartier zu beziehen. Sie mußten ihre Zelte fortan außerhalb der Stadtgrenzen aufschlagen. Ferner unterzeichnete er eine Verordnung, die den Amerikanern verbot, bewaffnet in die Stadt zu kommen. Egal, ob ihre Waffe geladen war oder nicht.

Diese Verordnung wurde streng befolgt. Die städtischen Polizeibehörden hielten jeden Amerikaner, den sie in ihren Straßen trafen, an und durchsuchten ihn aufs genaueste. Sehr zum Vergnügen der Söldner, die häufig mit geladenen Handfeuerwaffen am Koppel dabeistanden und spöttische Bemerkungen machten.

Wäre Lieutenant Worthington nicht gefallen, dann hätten ihn zweifellos seine eigenen Männer umgebracht. Und wenn die gezögert hätten, wären seine Vorgesetzten zur Tat geschritten.

*

Der Scharfschütze hob den Kopf. Noch einmal übersah er das Bild, das sich seinen Augen bot.

Es war genauso, wie man es ihm beschrieben hatte. Der Redner stand unten auf einer hölzernen Plattform, die am Rande des Platzes errichtet worden war. Die Hausfassade hinter dem Mann am Mikrofon war ein ausgezeichneter Kugelfang. Die weichen Hohlmantelgeschosse, die der Scharfschütze abfeuern wollte, würden keine Querschläger verursachen und damit auch keinen Zuschauer gefährden.

Er senkte den Kopf und preßte das Auge gegen die Visiereinrichtung. Plötzlich ertönte ein leises »Plong«, und er spürte ein Vibrieren in den Händen. Er blickte hoch. Was er sah, erschien ihm unbegreiflich. Sein Gewehrlauf war verschwunden, von einer unbekannten Gewalt glatt abgesägt.

Er rollte sich herum und erstarrte. Drei Männer standen auf dem Dach hinter ihm. Er hatte sie nicht kommen hören. Zwei wirkten unauffällig, wenn auch ungewöhnlich fit. Der dritte war ein Asiat. Gebannt starrte der Scharfschütze ihn an. Der Mann schwang ein langes Schwert, dessen Klinge in der Sonne blitzte. Nur Zentimeter von der Kehle des Scharfschützen entfernt, stoppte die Schwertspitze.

Der Mann hinter dem Asiaten öffnete den Mund. »He, Bursche! Auf dich haben wir hier gewartet.«

Die Menge unten auf dem Platz zeigte erste Anzeichen von Ungeduld. Das kam, weil der Redner allzu weitschweifig war. Warum wiederholte er sich jetzt bereits zum dritten- und vierten Male mit fast immer den gleichen Worten?

Plötzlich entstand am äußeren Rand der Menschenmenge Bewegung. Vier Männer näherten sich mit entschlossenem Schritt dem Rednerpodium – das heißt, drei trieben den vierten Mann vor sich her. Sie erklommen die Plattform. Einer schob den protestierenden Redner beiseite und trat ans Mikrofon.

»Entschuldigung, Senator, aber es gehört zu unserer politischen Tradition, der Gegenseite gleiche Sprechzeit einzuräumen.« Dann wandte er sich an die Menge. »Guten Tag, meine Damen und Herren! Sie haben meinem Herrn Vorredner mit großer Geduld zugehört. Ich werde mich bedeutend kürzer fassen. Ich spreche für die Konzerne, die der Senator eben so heftig angriff.«

Ein Raunen ging durch die Menge. Die Neugier der Menschen war geweckt. Niemand verließ den Platz.

»Vielleicht haben Sie über den Mut des Senators gestaunt, der uns ständig in aller Öffentlichkeit angreift, obwohl doch allgemein behauptet wird, daß wir ganze Gruppen von Profikillern durch die Städte streifen lassen. Auch wir haben gestaunt. Warum tat er das? fragten wir uns. Er schien ja geradezu ein Attentat auf sich herauszufordern. Aber wir vertrauten auf das gesunde Urteil der Öffentlichkeit. Sie würde, sagten wir uns, in ihm das sehen, was er wirklich ist. Nämlich ein Großmaul und einen Verleumder.«

Der Senator wollte zornig vortreten, aber ein eisiger Blick des Mannes am Mikrofon hielt ihn davon ab.

»Doch der Senator ist in den letzten Wochen einen Schritt weitergegangen. Wo er sich früher mit Halbwahrheiten und verzerrenden Darstellungen begnügte, ohne die wohl kaum ein Politiker auszukommen scheint, ging er jetzt zu dreisten Lügen über. Das bereitete uns einigen Kummer. Denn eins war klar: wenn jetzt ein Attentat auf ihn verübt wurde, hätte man uns die Schuld in die Schuhe geschoben, und seine dreisten Lügen hätten plötzlich in den Ohren der Leute glaubwürdiger geklungen. Deshalb nahmen wir seinen Schutz in die Hand. Wo immer er öffentlich auftrat, wachten unsere Männer über sein Leben.«

Er schwieg und nickte einem seiner Begleiter zu. Der schob zwei Finger in den Mund und ließ einen schrillen Pfiff ertönen.

Im nächsten Augenblick wurden auf den Dächern und in den Fenstern der umliegenden Gebäude zahlreiche Männer und Frauen sichtbar. Sie trugen sämtlich Zivilkleidung. Aber die militärische Präzision ihres Auftauchens und die kalte Entschlossenheit, mit der sie sofort den Platz umringten, ließ keinen Zweifel daran, daß sie alle zu ein und derselben Organisation gehörten.

Der Mann stieß einen neuen Pfiff aus, und genauso plötzlich waren die Bewacher verschwunden.

Der Mann am Mikrofon setzte seine Ansprache fort: »So haben wir den Senator beschützt. Und heute ist uns ein Fang gelungen. Dieser Gentleman hier hat Ihnen eine interessante Geschichte zu berichten.« Die beiden anderen stießen den Scharfschützen vor.

»Was hast du heute hier getan?«

»Ich verlange einen Anwalt! Sie dürfen doch nicht . . .«

Der Asiat machte eine Bewegung. Wie der Blitz schlug seine Faust auf den Arm des Festgenommenen ein. Der schrie laut auf.

Jeder der Zuschauer hatte das trockene Geräusch des brechenden Armknochens gehört.

»Was hattest du heute hier zu tun?«

Die Frage wurde so ruhig gestellt, als sei nichts passiert.

»Ich . . .«

»Lauter!«

»Ich hatte den Auftrag, auf den Senator einen Schuß abzugeben.«

»Lautete der Auftrag, du solltest ihn treffen?«

»Nein!« Der Mann konnte sich vor Schmerzen kaum noch auf den Füßen halten.

»Wer war dein Auftraggeber?«

Der Mann schüttelte störrisch den Kopf. Noch einmal schoß die Faust des Asiaten vor.

»Der Senator!« schrie der Mann.

Wieder lief ein Raunen durch die Menge. Der Senator trat rasch an den vorderen Rand des Podiums. »Das ist gelogen!« schrie er. »Man verleumdet mich! Ein abgekartetes Spiel! Der Mann ist einer ihrer eigenen Leute!«

Der Mann am Mikrofon beachtete ihn gar nicht. Er deutete auf einen uniformierten Polizeibeamten, der in der Menge stand. »Officer! Politikern wird bei öffentlichen Auftritten grundsätzlich Polizeischutz gestellt. Warum stehen hier keine Polizeibeamten auf den Dächern ringsum?«

Der Beamte legte die Hände als Trichter an den Mund und rief zurück: »Der Senator verbot dem Polizeichef, die üblichen Schutzmaßnahmen zu ergreifen.«

Wütende Blicke flogen aus der Menge gegen den Senator. Der schien förmlich kleiner zu werden.

Der Mann mit dem Mikrofon fuhr fort: »Eine der übelsten Behauptungen des Senators ist es, daß die multinationalen Konzerne das Recht der freien Meinungsäußerung abschaffen wollen. Ich glaube, heute nachmittag für jedermann deutlich gemacht zu haben, daß dies nichts als eine böswillige Erfindung ist. Allerdings braucht unser Konzern wie jedes Wirtschaftsunternehmen für sein Gedeihen die Unterstützung der Öffentlichkeit. Wir werden dafür sorgen, daß wir sie erhalten. Wie Sie alle wissen, herrscht Krieg.«

Er wandte sich zu dem Senator und rief mit funkelnden Augen: »Nach meiner persönlichen Überzeugung müssen wir den Kriegstreibern den Krieg erklären. Leute, die andere ins Feuer schicken, sind unsere wahren Feinde. Aber wie gesagt, das ist meine persönliche Überzeugung. Ich selber habe nur das Recht, die Soldaten des Feindes zu bekämpfen.«

Sein Blick fuhr über die Menge. »Sind zufällig Reporter anwesend? Sehr gut. Als dieser Mann Geld nahm, um die Konzerne zu diffamieren, wurde er ein Söldner, genau wie wir Söldner sind. Als Söldner fällt er unter das Kriegsrecht. Ich würde es begrüßen, wenn Sie die Ereignisse bei dieser Versammlung in Ihren Blättern veröffentlichen – als Warnung für jeden heruntergekommenen Halunken, der auf die Idee kommt, sich fälschlich für einen Söldner der Konzerne auszugeben.«

Mit einem Kopfnicken übermittelte er einem seiner Begleiter einen stummen Befehl. Der Mann gab dem gefangenen Scharfschützen einen heftigen Stoß, daß er kopfüber vom Podium flog. Dann zog er eine Pistole aus der Jacke und erschoß ihn.

Der Polizeibeamte machte keine Miene, gegen die Söldner vorzugehen. Wegen dieses Versäumnisses wurde er am nächsten Tag vom Dienst suspendiert. Das hatte zur Folge, daß eine große Anzahl seiner Kollegen aus Solidarität kündigte.

Der Senator verlor die nächste Wahl glatt.

*

Der junge Asiat unterbrach das Gespräch mit seiner hübschen Begleiterin in dem Augenblick, als die Gruppe Soldaten um die Ecke bog. Mehr als ein Dutzend Männer kamen dem Paar aus Ostasien entgegen. Wortlos begaben sich die beiden auf die andere Straßenseite. Unglücklicherweise hatten die Soldaten sie ebenfalls erblickt. Auch sie kreuzten über den Fahrdamm, um ihnen den Weg zu versperren. Das Paar machte kehrt. Aber die

Soldaten rannten grölend hinter ihm her und holten es bald ein.

Aus der Nähe war den Männern deutlich anzusehen, daß sie getrunken hatten. Im Halbkreis umringten sie das Paar und drängten es an die Hauswand.

Die beiden fragten höflich, was die Herren wünschten.

Die Soldaten erklärten, daß ihr Interesse nur der Dame gelte. Sie luden sie ein, sie auf ihrem fröhlichen Bummel zu begleiten.

Die Dame lehnte höflich mit dem Hinweis ab, sie habe ja bereits einen Begleiter.

Mit großer Phantasie und in beredten Worten schilderten nun die Soldaten die mannigfachen körperlichen Mängel und die finanzielle Bedürftigkeit ihres Begleiters. Sie seien vierzehn Mann und natürlich weit besser geeignet, die Dame vor den Zudringlichkeiten zweifelhafter Männer zu beschützen, denen sie auf ihrem weiteren Wege begegnen würde. Zugegebenermaßen hätten sie schon viel Geld für ihre bisherigen Trinkereien verbraucht. Aber sie würden ihr restliches Geld zusammenlegen und ihr immer noch mehr als ihr gegenwärtiger Begleiter für ihre Gunst bieten können.

Der Begleiter machte Miene zu widersprechen. Aber sie legte ihm leicht eine Hand auf die Schulter und hielt ihn zurück. Dann trat sie lächelnd vor.

Sie machte auf die Möglichkeit aufmerksam, daß die Soldaten sich über die Lage ein falsches Bild machten. Erstens gingen sie offenbar von der Annahme aus, daß sie ein Callgirl sei, während sie in Wirklichkeit ihr Geld bei den Streitkräften der Konzerne verdiene. Zweitens sei ihr Begleiter kein zahlender Kavalier, sondern ihr Bruder. Drittens und letztens danke sie ihnen für ihr liebenswürdiges Angebot, sei aber durchaus in der Lage, selber auf sich aufzupassen, nochmals vielen Dank.

Als sie ihren Standpunkt dargelegt hatte, war die Formation der vierzehn Soldaten völlig durcheinandergeraten. Sie waren nicht mehr im dichten Halbkreis, sondern hatten sich auf die halbe Straße verteilt. Auch standen sie nicht mehr aufrecht, sondern lagen in den verschiedensten Stellungen am Boden.

Die Dame hakte sich bei ihrem Bruder ein, und zusammen setzten sie ihren Weg fort. Ein Soldat versuchte unter lautem Stöhnen, sich aufzurichten. Sie stieß ihn im Vorbeigehen mit dem scharfen hohen Schuhabsatz aufs Pflaster zurück.

*

Julian kurbelte das Seitenfenster herunter, als der Tankwart neben seinem Wagen auftauchte. »Volltanken, bitte!«

Der Tankwart schaute zum Fenster herein. Sein Blick glitt über die leeren Rücksitze. »Für wen arbeiten Sie, Sir?«

»Vertreter für eine Werkzeugfabrik.«

»Haben Sie einen Firmenausweis?«

»Nein. Es ist nur ein kleiner Laden. Könnten Sie jetzt auftanken? Ich hab' es ziemlich eilig.«

»Haben Sie eine Geschäftskarte bei sich? Oder könnten Sie mir ein paar Muster zeigen? Als Vertreter . . .«

»All right, all right. Ich gebe es zu – ich arbeite für die Regierung. Aber . . .«

Die Miene des Tankwarts wurde zur Maske. »Tut mir leid, Sir.« Er wandte sich zum Gehen.

»He, warten Sie doch!« Julian sprang aus dem Wagen und rannte hinter dem Mann her. »Bitte, drücken Sie doch mal ein Auge zu! Ich bin ja nur ein kleiner Beamter. Ich habe überhaupt nichts zu bestimmen.«

»Tut mir leid, Sir, aber . . .«

»Ich bin auch nicht im Dienst. Eine reine Privatfahrt. Ich will zur Hochzeit meiner Schwester.«

Der Tankwart zögerte. »Ich würde Ihnen ja gern helfen. Aber wenn man in der Zentrale herausfindet, daß wir einem Regierungsbeamten Benzin verkauft haben, entzieht man uns die Pacht.«

»Das brauchen die doch gar nicht zu erfahren. Ich bediene mich selber, und Sie gucken nicht hin.«

Der Mann schüttelte den Kopf. »Tut mir wirklich leid, aber das kann ich nicht riskieren.«

»Ich gebe Ihnen fünfzig Dollar, wenn Sie mir den Tank halb vollmachen . . .«

Aber der Tankwart war schon weg.

Mit einem tiefen Seufzer kletterte Julian in seinen Wagen. Sobald die Tankstelle hinter ihm lag, heiterte sich seine Miene schlagartig auf. Der Treibstoffboykott machte gute Fortschritte. Zum letztenmal hatte er vor drei Wochen eine Tankstelle melden müssen, die sich nicht an die Regeln hielt. Er zog eine Liste vor und schaute nach, wo die nächste Tankstelle lag, die er zu inspizieren hatte.

*

Der Söldner trug einen Kampfanzug in Tarnfarbe für den Dschungelkrieg. Die Hängematte, in der er sich ausgestreckt hatte, war ebenso in Tarnfarbe gehalten wie der Schlapphut, den er sich als Sonnenschutz übers Gesicht gelegt hatte. Obwohl zahllose Insekten ihn umschwirrten, schnarchte er friedlich vor sich hin.

»He, Sergeant!«

Der Schläfer wachte nicht auf.

»He, Sergeant«, wiederholte der junge Soldat aus gebührendem Abstand. Er war zwar neu in der Truppe, hatte aber genügend Verstand, den schlafenden Söldner nicht wachzurütteln.

»Was gibt's denn, Turner?« Die Stimme des Sergeants war väterlich verständnisvoll, als wolle er ein plärrendes Kind beruhigen.

»Der Panzer! Sie wissen, den die Sensoren vor fünf Stunden aufgespürt haben! Sie sagten, Sie wollten geweckt werden, sobald er sich auf fünfhundert Meter genähert hat. Jetzt ist er da.«

»Na schön. Geweckt hast du mich nun mal. Jetzt laß mich wieder schlafen. Ich bin noch ein bißchen wacklig vom Stadturlaub gestern abend.«

Der junge Soldat trat von einem Bein aufs andere. »Wollen wir denn nichts unternehmen?«

»Warum sollten wir? Die finden uns ja nie. Verlaß dich auf unsere Infrarot-Sperrzäune, mein Sohn, verlaß dich drauf!« Und er schloß müde die Augen.

Aber der Soldat ließ nicht locker. »Sergeant . . . ich dachte nur . . . daß wir vielleicht . . . nächste Woche ist nämlich mein Beurteilungsbogen fällig.«

»Mach dir deswegen keine Sorgen. Ich empfehle dich zur Beförderung.«

»Ich weiß, aber ich dachte . . . nun . . . man hat mehr Chancen, wenn man schon mal ein Gefecht mitgemacht hat.«

Der Sergeant seufzte. »All right. Ist der Panzer mit Quarzstrahlen ausgerüstet?«

»Die Sensoren melden: nein.«

»Hat Betsy ihn im Visier?«

»Ich glaube ja. Soll ich . . .«

»Schon gut. Ich erledige das.«

Ohne den Hut vom Gesicht zu nehmen, streckte der Sergeant einen Fuß über die Hängematte hinaus, die mit dem einem Ende an einer komplizierten Kriegsmaschine befestigt war, auch sie unter einem Tarnbezug. Mit dem großen Zeh tastete er nach dem Anzugsknopf, fand ihn und drückte fest dagegen. Die Maschine erwachte summend zum Leben, und aus ihrem Inneren schoß ein Strahlenblitz. Gleichsam als Antwort hörten sie gleich darauf aus der Ferne das dumpfe Wummern einer Explosion.

Der Soldat war sichtlich beeindruckt. »Oh, herzlichen Dank, Sergeant.«

»Schon gut, mein Sohn.«

»Sagen Sie mal, Sergeant . . .«

»Ja, Turner?«

»Unternehmen wir nichts gegen die Infanterie, die den Panzer begleitete?«

»Wieso? Kommt die Infanterie auf uns zu?«

»Nein, es sieht so aus, als zöge sie sich ins Lager zurück. Aber sollten wir nicht . . .«

»Hör mal gut zu, mein Sohn.« Die Stimme des Sergeants

klang jetzt sehr schläfrig. »Merk dir eins zu den Beurteilungsbogen! Es ist immer verkehrt, zu viele gute Leistungen reinzuschreiben. Sonst kommen die von der Personalabteilung noch auf die Idee, wir hätten hier ein prima Leben, weil uns die Siege in den Schoß fallen.«

*

Irgend so ein untergeordneter FCC-Mann geriet in eine Talk Show. Dabei kritisierte er die Nachrichtenmedien. Er warf ihnen parteiische Berichterstattung über die Konzernkriege vor.

Unverzüglich stürzten sich die politischen Kommentatoren rund um den Erdball auf dieses Thema, als gäbe es überhaupt nichts anderes von Belang. Sie verbreiteten sich über die Freiheit der Meinungsäußerung. Sie beschuldigten die Regierung der versuchten Medienkontrolle. Sie beklagten, daß sogar so segensreiche Gesellschaften wie die Nachrichtenmedien vor dem brutalen Zugriff der eisernen öffentlichen Hand nicht sicher seien.

Aber vor allem verteidigte einer wie der andere die bisher geübte Praxis bei der Berichterstattung über die Konzernkriege. Daß so selten ein Bericht die Leistungen der Regierungstruppen lobend erwähnte, liege an ihrem einmaligen Rekord an ständigen Niederlagen und Fehlschlägen.

Darauf folgte eine Zusammenfassung der Geschehnisse an den Fronten seit Kriegseintritt der Vereinten Regierungen. Einige Fernsehstationen zeigten eine halbstündige Sendung über die Unzulänglichkeit der Regierungstruppen. Auch sämtliche Zeitungen veröffentlichten, manchmal als Extrabeilage, eine Dokumentation über die erschreckende Unfähigkeit der Regierungen, oft in Form beißender Satire.

Der Mann von der FCC verlor kurz darauf seine Stellung.

*

Sie fühlten sich pudelwohl im schmeichelnd warmen Wasser des brasilianischen Stroms. Kein Wunder, denn die letzten Wochen sahen die beiden Froschmänner im eiskalten Atlantik bei der Arbeit. Sie steckten in tarnfarbenen Neoprene-Kampfanzügen und waren mit Zirkulations-Atemgeräten ausgestattet, die keine verräterischen Luftblasen an die Wasseroberfläche steigen ließen.

Die Konzerne liehen sich neuerdings Spezialisten unter den Berufssoldaten gegenseitig aus. Die beiden hatten allen Grund, dieses Abkommen gutzuheißen.

Der eine erspähte plötzlich eine Wasserschildkröte. Er berührte den Arm des Kameraden und bedeutete ihm durch Handzeichen, ihm beim Fangen des Tieres zu helfen. Aber der andere schüttelte verneinend den Kopf. Sosehr dieser neue Job nach Urlaub schmeckte, die Pflicht ging nun einmal vor. Sie hatten einen ganz bestimmten Auftrag zu erledigen.

Die beiden Männer tauchten bis zum Flußgrund, verbargen sich in den dort wachsenden langen Gräsern und warteten weiter geduldig.

Oben auf dem Fluß war es in dem gepanzerten Boot so heiß wie in einem Feuerofen. Das Kommando führte ein griechischer Offizier. Immer wieder wischte er sich den Schweiß von der Stirn, während er in abgehackten Sätzen flüsternd, fast beschwörend auf seine Männer einsprach.

Und wenn es noch so heiß war, diesmal durfte es keinen Fehlschlag geben!

Während das Boot lautlos stromaufwärts glitt, beobachtete er durch die Schießscharten das Ufer.

Diesmal würden sie die Hurensöhne erwischen. Er hatte die besten Männer und die modernste Ausrüstung an Bord. Das Ziel war bis ins letzte ausgekundschaftet worden. Diesmal würden die Söldner, die sie so oft zum Gespött gemacht hatten, ins Gras beißen.

»Boote ahoi!«

Durch Lautsprecher verstärkt, hallte die Stimme mächtig über den Strom. Die Männer erstarrten und schauten einander unsicher an.

»Juhu! Wir wissen, daß ihr da drin seid!«

Der Offizier machte ein paar wilde Handbewegungen. Daraufhin übernahm einer seiner Männer die Kontrolle des Maschinengewehrs mit automatischer Zieleinrichtung und schaute durch das Periskop. Der Offizier legte den Mund an eine Schießscharte, aber er blieb voll in Deckung. »Was wollen Sie?«

»Nur eine kleine Mitteilung, bevor ihr das Feuer auf uns eröffnet: wir haben ein paar Journalisten der internationalen Presse bei uns.«

Enttäuscht ballte der Offizier die Fäuste, bis die Knöchel weiß hervortraten. Er warf einen Blick auf den Mann am Infrarot-Gerät. Der zuckte hilflos die Achseln. Die Blips auf seinem Sichtschirm ließen keine Unterschiede zwischen Söldnern und Reportern erkennen.

»Und außerdem würden wir gern wissen«, fuhr die machtvoll dröhnende Stimme fort, »ob ihr euch ergebt oder ob ihr uns zwingen wollt, euch zu töten?«

Dem Offizier fiel es wie Schuppen von den Augen. Sie waren in eine raffiniert ausgelegte Falle getapst. Wiederum würden die Söldner triumphieren . . .

Nein, diesmal nicht. Sie waren aufs modernste ausgerüstet, Panzerung und Bewaffnung waren Spitze. Niemals würden sie sich kampflos ergeben!

»Geht zur Hölle!« brüllte er und schloß die Schießscharte.

Am Ufer wandte sich der Söldnerführer achselzuckend an die Reporter: »Meine Herren, ich empfehle Ihnen, in Deckung zu gehen.«

Dann drückte er den Auslöseknopf des Fernzündungsmechanismus. Im selben Augenblick detonierten die von den Froschmännern am Kiel der drei Boote angebrachten Sprengladungen.

Und dann schwamm nichts mehr auf dem schmeichelnd warmen Wasser des Stroms.

XXI

Verbissen stampfte Tidwell durch die Dunkelheit. Ohne Waffe fühlte er sich ziemlich nackt. Er zwang sich, nicht daran zu denken. Das ganze Unternehmen war ein verrückter Einfall. Aber wenn alles klappte, würde es ein Knüller sein. Er lächelte in sich hinein.

»Okay, Steve, du bist da!« Das war Clancys Stimme in seinem Ohrempfänger. »Noch fünfzehn Schritte weiter, und du trittst einem von ihnen auf den Nuschel.«

Sofort blieb er stehen. Während er in den Taschen nach einer Zigarette suchte, spähte er unauffällig in das Unterholz. Er wiederholte das Manöver bei der Suche nach einem Streichholz. Nichts zu machen. Er sah keinen. Die Jungs waren nicht schlecht. Resigniert zündete er sich die Zigarette an und blies gleich darauf einen großen Rauchring aus.

»Treten Sie ruhig heraus, meine Herren. Ich will Ihnen nichts tun. Nur ein paar Worte.«

Selbst ihm erklang seine Stimme unnatürlich laut im Dunkeln. Er wartete einige Augenblicke. Die Nacht blieb still.

»Hören Sie! Da ich keine weiße Flagge bei mir habe, zeige ich Ihnen meine Position durch meine brennende Zigarette an. Ich möchte Ihren ranghöchsten Offizier oder Feldwebel sprechen.«

Immer noch keine Antwort. Wenn er nicht unbedingtes Vertrauen in die Aufklärung gehabt hätte, wäre er sich albern vorgekommen.

»Von mir aus bleib ich hier die ganze Nacht stehen. Ich habe Zeit. Nur die Insekten fressen mich langsam auf. Wir wissen, daß ihr hier seid. Wir haben euch mit unseren Sensoren seit mehr als einer Stunde beobachtet. Wir hätten euch, wenn wir das wollten, Mann für Mann umlegen können. Damit ihr wißt, daß ich nicht bluffe: ihr seid zwanzig. Wir kennen die genaue Position jedes einzelnen. Genügt das? Oder soll ich erst ein paar von euch mit Steinchen bewerfen?«

Wieder wartete er. Plötzlich stand drei Meter vor ihm ein Soldat, wie aus dem Boden gewachsen. Er hatte ihn nicht aufstehen und aus den Büschen hervortreten sehen.

»Wurde auch Zeit. Zigarette?«

»Sie wollten uns etwas sagen. Also legen Sie los!«

Die Stimme klang ärgerlich. Tidwell verbiß sich ein Lächeln. Der Mann war über die Tatsache verstört, daß man seine Eliteeinheit trotz aller Vorsichtsmaßnahmen aufgestöbert hatte.

»Ich habe eine Botschaft für Sie. Wir bitten Sie höflich, sich mit Ihren Männern zurückzuziehen.«

»Und warum, Sie Witzbold? Geben Sie mir einen triftigen Grund dafür an!«

»Einen? Ich kann Ihnen ein gutes Dutzend liefern. Erstens, wir haben Sie aufgespürt. Ohne die geringste Mühe. Was darauf schließen läßt, daß Ihre Supermänner vielleicht doch nicht die ganz große Klasse sind, für die Sie sie hielten. Um kein Mißverständnis aufkommen zu lassen: sie sind gut. Sogar super. Allerdings nur im Vergleich zu anderen Regierungstruppen. Unseren Truppen können sie das Wasser nicht reichen, mein Freund. Unsere Leute betreiben das Kriegshandwerk allerdings auch schon, seitdem sie laufen gelernt haben. Vergleichen Sie das mit den fünf Jahren Dienstzeit Ihrer Soldaten, und Sie wissen, wie Sie dastehen. In jeder Beziehung in den Hintern gekniffen.«

»Das glauben Sie!«

»Nur damit Sie einen Begriff bekommen, wie genau wir über Sie Bescheid wissen . . . Sie sind die Vorhut einer Kompanie leichter Infanterie, die 25 Kilometer entfernt Stellung bezogen hat. Wir haben seit zwei Wochen beobachtet, wie Sie hier durchs Gelände gestolpert sind. Aber erst heute bekommen Sie den ersten Gegner zu Gesicht: mich. Während der ganzen Zeit sind wir nach Belieben durch den Ring Ihrer Wachen in Ihr Lager eingedrungen. Wir haben an Ihrem Munitionslager ein Transparent mit der Aufschrift WUMM angebracht. Wir haben grüne Farbe in Ihr Trinkwasser getan und Abzeichen vom Mickey-Maus-Club auf Ihre Zelte gemalt, während Ihre Leute schliefen. Wir hätten Sie und alle Ihre Männer ein dutzendmal töten können.«

»Das habt ihr alles gemacht?«

»Und wollen Sie wissen, wie viele Leute wir sind? Fünf, und zwei davon Frauen! Fünf Leute braucht man nur, um eine ganze Kompanie von euch Anfängern einen halben Monat an der Nase herumzuführen!«

»Wenn es so ist, warum haben Sie uns denn nie angegriffen?«

»Warum? Wir haben keine Lust, gegen Clowns zu kämpfen. Kein Konzernsöldner möchte das. Alles, was wir von euch wollen, ist, daß ihr euch zum Teufel schert und uns in Ruhe laßt. Warum seid ihr überhaupt hier?«

»Nun, soviel ich weiß, sollen wir euch daran hindern, die Weltwirtschaft zu ruinieren.«

»Das ist kalte Kacke. Von Weltwirtschaft versteht ihr doch so viel wie meine Oma vom Petting. Zum Teufel, Mann, die Weltwirtschaft . . . das waren seit fünfzig Jahren die Konzerne!«

»Sie verlangen also, daß wir uns ins Lager zurückziehen?«

»Nein, ihr sollt das ganze Gebiet verlassen. Die ganze verdammte Kompanie – bestellen Sie das Ihrem Kompanieführer!«

»Und Sie glauben, daß er damit einverstanden ist?«

»Nein. Aber vielleicht, wenn er das hier sieht.« Tidwell zog einen dicken Umschlag unter dem Hemd hervor und warf ihn dem anderen zu. Der fing ihn geschickt auf.

»Was ist da drin?«

»Sie können es hier im Dunkeln nicht erkennen. Es sind ein Haufen Fotos von Ihrem Kompanieführer.«

»Und die sollten ihm Angst einjagen?«

»Leicht möglich. Die Fotos wurden nämlich durch das Zielfernrohr eines Gewehrs aufgenommen. Das Fadenkreuz zeichnet sich wunderbar ab.«

»Okay, wir werden ihm die Fotos zeigen. Wir wollten sowieso gerade zur Kompanie zurück.«

»Moment, da wäre noch etwas. Sagen Sie Ihren Männern, sie sollen ihre Gewehre hierlassen, wenn sie abziehen.«

»Was!?«

»Ihr könnt morgen zurückkommen und sie euch abholen.

Aber wir wollen sichergehen, daß ihr die Fotos wirklich dem Kompanieführer zeigt. Und wenn ihr ohne eure Gewehre zurückkommt, dann werdet ihr das bestimmt nicht vergessen.«

»Hör mal zu, du Knilch! Warum kommst du nicht mit uns und sagst es ihm selber? Wir sollten sowieso versuchen, einen Gefangenen zu machen und ihn auszuquetschen. Ich meine, du kommst uns gerade recht.«

»Ich habe den unbestimmten Verdacht, du hältst mich für einen Bluffer. Na schön – was macht mehr Eindruck auf dich: Fernbeschuß oder Nahkampf?«

»Was?«

»Zerbrich dir nicht den Kopf darüber, wir werden euch beides vorführen. Sag deinen Männern aber vorher, sie sollen die Finger vom Abzug nehmen. Es wird hier gleich eine Menge Krach geben. Ganz harmlosen natürlich. Aber es könnte sein, daß einer von euch vor Angst einen Schuß abfeuert. Dann seid ihr allesamt geliefert, und das würde mir leid tun.«

»Wovon redest du überhaupt . . .«

Zwei ohrenbetäubende Explosionen, eine links, eine rechts von ihnen, zerrissen die Stille der Nacht. Zwei Herzschläge später erst hörte man aus der Ferne zweimal kurz hintereinander den dumpfen Abschußknall eines Gewehrs.

»Falls du immer noch nicht weißt, was hier gespielt wird: das war mein Partner. Er ist drei Kilometer von hier entfernt. Er verschießt die neuen Patronen mit den Quecksilberspitzen, von denen ihr alle gehört habt. Ekelhafte Dinger. Reißen einen Mann wie eine reife Wassermelone auf.«

»Gott im Himmel!«

»Aber du scheinst der Schleicher-Typ zu sein. Ein nächtliches Anschleichen imponiert dir bestimmt noch mehr. Halt dich fest, Sonnyboy!«

Genau in der Mitte zwischen den beiden Männern feuerte jemand eine Schrotflinte in die Luft ab. Plötzlich saß da einer von Tidwells Männern. Bis zu diesem Augenblick hatte er sich im kniehohen Gras verborgen gehalten.

»Das wär's, du Gartenzwerg.« Tidwells Stimme klang hart wie Stahl. »Erzähl bloß nicht noch mal den Quatsch von wegen Gefangene machen. Nimm sofort deine unterbezahlten Pfadfinder und verschwinde mit ihnen aus diesem Urwald wie ein geölter Blitz! Sonst werden wir wirklich unangenehm.«

Tidwell war bereits wieder in seinem Zelt und las die inzwischen eingegangenen Funksprüche durch, als Clancy hereinstürmte.

»Das hat gewirkt! Sie rannten, als wäre der Teufel hinter ihnen her. Ohne Pause bis zum Kompanielager. Als die Schrotflinte losging, hätten sie sich alle in die Hosen gemacht, wenn sie in den letzten 24 Stunden etwas zu essen oder zu trinken gehabt hätten.«

»Apropos trinken – gieß dir was ein!«

»Danke«, strahlte Clancy und goß sich vier Daumen breit Irish Whisky ein. »Ist das ein verrückter Krieg! Möchte wissen, wer diese Idee ausgebrütet hat.«

»Der Sinn des Krieges besteht nicht darin, den Gegner zu vernichten, sondern seinen Widerstandswillen. Von Clausewitz. Die Idee ist also schon ziemlich alt, Clancy. Wir führen sie nur in höchster Vollendung aus. Hast du die letzten Funksprüche gesehen?«

»Meinst du die Meldung über die unbemannten Flugzeuge, die Mehlsäcke auf die Treppe des Weißen Hauses abgeworfen haben?«

»Nein, die Meldung über die hochfliegenden Aufklärungsmaschinen.«

»Was steht da drin?«

»In der Hauptsache, daß die Konzerne den Regierungen und den Presseorganen schriftlich mitteilten, wann diese Aufklärer in der letzten Woche ihr Territorium überflogen haben. Sie wiesen darin nach, daß wir jede ihrer Bewegungen aufs genaueste überwachten, während unsere Truppen hinter elektronischen Sperrzäunen vor den infraroten Späheraugen geschützt waren. Verbunden mit der Bitte, keine Flugzeuge mehr aufsteigen zu lassen, weil wir sonst gezwungen wären, sie wie lästige Insekten abzuschießen.«

»Können wir denn das?«

»Glaub' ich kaum. Was aber nicht ausschließt, daß irgend jemand im Konzern nicht doch einen derartigen Trumpf im Ärmel hat. Denk mal, wie die Regierung im vergangenen Monat eine Warnung der Konzerne als angeblichen Bluff mißachtete und wir einen ihrer Zerstörer versenkten!«

»Ja, ja. Weißt du, irgendwie deprimiert mich das – dieses Kriegführen mit Tricks statt Kampf. Macht die Sache so unpersönlich.«

»Finde ich nicht. Denk nur mal an die Fadenkreuz-Fotos! Das ist alles andere als unpersönlich. Ich wette, eine Menge Großschnauzen in der Regierung wurden merklich kleinlauter, als sie ihren eigenen werten Nuschel im Fadenkreuz sahen.«

»Sei mal ehrlich, Steve. Glaubst du an unseren Sieg?«

»Hundertprozentig. Wie sollen sie uns denn schlagen? Die einzige Möglichkeit wären Atombomben. Die können sie aber nicht einsetzen, weil die Öffentlichkeit entschieden dagegen ist. Die Leute machen ihnen ja jetzt schon die Hölle heiß. Ein Drittel der Vereinten Regierungen mußte bereits seine Truppen abziehen – auf Druck der Bevölkerung. Es ist nur noch eine Sache der Zeit, und die übrigen verschwinden ebenfalls.«

»Und dann?«

»Was meinst du?«

»Was ich gesagt habe. Nehmen wir an, die Regierungen ziehen ihre Truppen wirklich ab und geben damit zu, daß sie nicht die Macht haben, die Konzerne zu gängeln. Was dann?«

XXII

Bewaffnete Soldaten der Regierungstruppen drängten die Scharen von Neugierigen und Sensationslüsternen zurück. Sonst hätten sie jeden Verkehr auf der Straße vor dem größten Luxushotel Rio de Janeiros unmöglich gemacht. Dennoch waren die großen schwarzen Limousinen, die am Bürgersteig stoppten, sofort von einer nicht gerade kleinen Menge umringt. Die Leibwächter mußten den Insassen erst einen Weg freimachen.

Hier handelte es sich um Journalisten, die beim Vorzeigen ihres Presseausweises ungehindert die Truppenabsperrungen passieren durften. Die Soldaten hatten strenge Anweisung, den Presseleuten mit besonderer Höflichkeit zu begegnen. Denn die Medien verstärkten den Riesenchor des öffentlichen Protests gegen die Aktionen der Regierung nicht unbeträchtlich.

Sogar Zeitungen, die anfänglich hinter den Regierungen standen, kritisierten jetzt mit beißender Schärfe die fruchtlosen Anstrengungen der bewaffneten Streitkräfte, mit den Konzernen fertig zu werden. Die Regierungen konnten alles eher gebrauchen als eine schlechte Presse.

Drei Männer waren ausgestiegen und begaben sich zum Hoteleingang. Wieder raste die Meute der Reporter vor, und die Männer blieben stehen. Offenbar waren sie bereit, Erklärungen abzugeben.

Aus einem hochgelegenen Fenster des Hotels auf der gegenüberliegenden Straßenseite verfolgte ein elektronisches Gerät jede Bewegung der drei Männer. Weiter drin im Raum und von außen nicht zu sehen, wertete eine kleine Gruppe uniformierter Techniker mit fieberhafter Eile die Daten der Maschine aus, die ein kurzgeschlossenes Fernsehsystem mit einem hochempfindlichen Richtstrahler-Mikrofon vereinigte. Ein aufgeregter Offizier leitete diese Arbeiten.

»Sind Sie sicher, Corporal?«

»Bestimmt, Sir. Alle drei Objekte sind einwandfrei identifiziert. Auch die Tonbänder stimmen mit den Stimmenmerkmalen hundertprozentig überein.«

Der Offizier betrachtete die drei Gestalten auf dem Bildschirm mit zusammengekniffenen Augen. »Becker für die Medien, Wilson für Öl und Yamada für Zaibatsu. Sie gehen also tatsächlich in die Falle!« Der Offizier stieß den Corporal leicht an.

»Sehen Sie sich die drei vollgefressenen Kerle an, Soldat! Sie haben uns sechs Monate lang wie Schleimscheißer aussehen lassen. Dabei sehen sie selber nicht besonders toll aus, wie?«

»Ein paar Männer sagen, es gehört nicht viel dazu, uns lächerlich zu machen«, antwortete der Corporal mit flacher Stimme, ohne einen Blick auf den Bildschirm zu werfen.

»Tatsächlich? Na, dann passen Sie auf, jetzt sind wir dran! Rufen Sie die Kommandantur an und melden Sie, die drei kleinen Schweinchen seien auf dem Weg zur Schlachtbank.«

*

»Kann ich Sie einen Augenblick sprechen, Captain?«

»Natürlich, Lieutenant, aber fassen Sie sich kurz!«

Der Lieutenant stand unruhig vor dem Büroschreibtisch seines Kommandeurs. »Sir, ich glaube, wir haben ein Problem der Truppenmoral.«

»Derartige Probleme haben wir seit Monaten, Larry. Ist da heute irgend etwas Neues aufgetaucht?«

»Ja, Sir, es sind die Hinrichtungen. Die Männer sind sehr sauer darüber. Sie sprechen von nichts anderem mehr.«

»Wurden die Männer darüber unterrichtet, daß die Hingerichteten samt und sonders feindliche Spione waren? Spione der Nachrichtenkonzerne, die uns seit Monaten an der Nase herumführen!«

»Ja, Sir. Aber . . . es ist . . . weil es so überstürzt geschah. Heute morgen haben sie mit den Burschen noch zusammen beim Frühstück gesessen. Und dann urplötzlich . . . nun, viele Männer sind der Meinung, daß man ihnen vorher den Prozeß hätte machen sollen.«

»Lieutenant, das ist doch schon alles x-mal erklärt worden! Diese Konzernleute haben unglaubliche neue Nachrichtenübertragungsgeräte, die wir überhaupt nicht kennen. In ihren Schuhen eingebaut, in die Uniformen eingewebt. Hätten wir uns die Zeit für einen förmlichen Prozeß genommen, dann hätten sie ihre Führung noch davon benachrichtigen können. Das durften wir nicht zulassen!«

»Ja schon, aber die Männer befürchten, ohne Prozeß könnte dieses Schicksal jeden von ihnen treffen. Sie fühlen sich nicht mehr sicher. Jeden Augenblick, sagen sie, könnte man sie aus dem Glied vortreten lassen und ohne eine Möglichkeit, sich gegen die Anklage zu verteidigen, erschießen.«

»Verdammt noch mal, Larry, wir wissen es, daß diese Kerle Spione waren. Wir lassen die Daten von jedem durch die Computer laufen. Die finanziellen Verhältnisse, die finanziellen Verhältnisse ihrer Familien – alles wird gecheckt. Bei Ihnen, bei mir, bei jedem! Diese Kerle standen auf der Lohnliste der Konzerne, entweder direkt oder mittels Strohmann. Wir konnten keinen Schritt machen, ohne daß die Burschen es dem Feind brühwarm meldeten. Mir behagte unser Vorgehen auch nicht besonders, aber wir waren einfach dazu gezwungen!«

»Okay, Captain, ich werd' es ihnen sagen . . .«

»Einen Augenblick, Lieutenant Booth. Ich habe eben einen Anruf vom Hauptquartier bekommen. Es ist noch mehr im Busch. Sorgen Sie dafür, daß Ihre Männer in fünfzehn Minuten feldmarschmäßig zum Abrücken bereitstehen. Wir starten eine Offensive!«

»Eine Offensive? Aber, Sir, wir haben doch Waffenstillstand!«

Der Captain lehnte sich zurück. »Das greift alles ineinander, Lieutenant. Ihre Spione sind tot, und ihre obersten Bonzen haben wir an den Konferenztisch gelockt. Zum erstenmal in diesem Krieg haben wir Gelegenheit, die verdammten Söldner im Schlaf zu überrumpeln.«

»Aber . . .«

»Lieutenant, wir haben jetzt keine Zeit für große Debatten. Unsere Aktion ist mit allen anderen Streitkräften abgestimmt. Unsere Truppen greifen auf der ganzen Welt an, um den Krieg mit einem Schlag zu beenden. Und jetzt alarmieren Sie Ihre Männer!«

Unter dem Tisch, wo es niemand sah, ballte Wilson nervös die Fäuste und streckte dann die Finger wieder aus. Yamada spürte sehr wohl, daß es den Ölboß zum Sprechen drängte. Aber sie hatten vorher ausgemacht, daß Yamada Wortführer sein solle, und Wilson hielt den Mund, auch wenn es ihm schwerfiel.

In geschlossener Front saßen die drei Männer am Konferenztisch den Vertretern der Staaten gegenüber. Sie sahen den Gegnern gerade ins Gesicht, ohne die drohend auf sie gerichteten Waffen der Wachtposten zu beachten.

»Gentlemen, wir können nicht umhin zu bemerken, daß sich nicht ein einziger Zivilist unter Ihnen befindet.« Yamadas Stimme war wie immer von ruhiger Höflichkeit. »Ist Ihre Aktion von den Vereinten Regierungen abgesegnet, oder handelt es sich um einen Alleingang der Militärs?«

Der amerikanische Offizier, der den Sprecher für die Regierungstruppen machte, lächelte boshaft und ahmte Yamadas ruhige Sprechweise absichtlich nach. »Das Militär führt wie immer die Anordnungen der Vereinten Regierungen aus. Sie dürfen daher von der Annahme ausgehen, daß unsere Staaten offiziell den Gang der Verhandlungen über einen Waffenstillstand mit den Konzernen in dieser Form wünschen.«

»Dann erläutern Sie uns doch bitte genauer, was Sie mit Ihrer Feststellung sagen wollten, wir befänden uns in Haft?«

»Es bedeutet, daß Sie hier festgehalten werden und sich mit keinem in Verbindung setzen können. Es bedeutet, daß wir Ihre Erpressungsmanöver leid sind. Wir verhandeln nicht mit Erpressern, wir verhaften sie. Sobald die Konzerne ihre Truppen abziehen, lassen wir Sie frei. Bis dahin, werden Sie hier vergammeln. Sie dürfen nicht mal ans Telefon. Ihre Truppen müssen ohne Ihre Silberzunge auskommen.«

Hinter Yamadas undurchdringlichen Gesichtszügen überschlugen sich die Gedanken. Der neuartige Nachrichtenübermittler, den er versteckt im Gürtel trug, hatte inzwischen seine Aufgabe erfüllt. Die Nachricht von ihrer Verhaftung war bereits auf dem Wege zu den Hauptbüros . . . und zu den Söldnern.

»Das Übliche, meine Herren?« lächelte die kleine Kellnerin hinreißend.

»Nur wenn Sie sich zu uns setzen, Tamia«, sagte der älteste der drei Herren am Tisch mit einem verliebten Blick und machte eine einladende Geste.

Das Mädchen riß in übertriebenem Entsetzen die Augen weit auf. »Oh, nein! Wenn der Chef mich dabei ertappt . . .« Sie rollte erschrocken die Augen. »Er würde mich an die Luft setzen – so!« Und sie schnipste mit den Fingern. »Wo würde ich dann Arbeit finden?«

»Wozu arbeiten? Sie könnten mit mir zusammen leben.«

»Oh«, kicherte sie und legte ihm dabei die Hand auf die Schulter, »Sie sind aber wirklich ein ganz Schlimmer!« Dann verschwand sie durch den Perlenvorhang in der Küche.

Einer der beiden anderen Herren lehnte sich verschwörerhaft über den Tisch. »Sir, ich halte es für unklug . . .«

Der Ältere bedeutete ihm zu schweigen. »Entspannen Sie sich, Captain. Wir sind außer Dienst und in Zivil. Wir brauchen uns nicht dauernd ängstlich nach Agenten umzuschauen. Ohne Uniform erkennt uns niemand. Ich flirte jetzt schon länger als einen Monat mit der kleinen Mieze. Früher oder später kriege ich sie rum.«

»Aber, Sir . . .«

»Wir sind hier wirklich völlig sicher. Sonst wäre ja schon lange etwas passiert. Sie weiß nicht mal, wie ich heiße. Also machen Sie mal halblang!«

Doch Tamia wußte, wie er hieß, und sie wußte noch viel mehr. Nur weil General Thomas Dun hier Stammgast war, arbeitete sie überhaupt in dem schäbigen Restaurant. An diesem Abend erhielt sie einen Telefonanruf, und damit neigte sich ihr Gastspiel als Kellnerin dem Ende zu.

Jeden Abend kehrte der General hier ein, um eine Schale Wantan-Suppe zu essen. Heute abend würde eine besondere Überraschung für ihn darin sein. Sie würde die Spezialnudeln hineintun, die sie seit langem ständig bei sich hatte.

Die Idee hatten die Japaner von einer Eskimo-Sitte übernommen. Auf das Erstrecht an einer Erfindung legt man ja seit je in Japan wenig Wert. Hauptsache, die Idee ist brauchbar, dann übernimmt man sie.

Zur Eisbärenjagd verpackten die Eskimos früher Knochensplitter in einem mit Robbenfett beschmierten Schneeball und legten ihn aufs Eis. Der Eisbär wurde vom Geruch des Fetts angelockt und verschluckte den Schneeball. Dann schmolz er in seinem Körper. Sobald die freigesetzten scharfen Knochensplitter seine Eingeweide zerfetzten, verendete das Tier unter großen Schmerzen.

Die Japaner hatten die Idee noch verfeinert. Statt Knochensplitter benutzten sie gestoßenes Glas, um den ebenso qualvollen wie unvermeidlichen Tod ihres Opfers herbeizuführen. Für den General dachten sie sich eine besondere Feinheit aus. Statt in Schnee und Robbenfett verbargen sie ihre tödliche Überraschung in einer geleeartigen Masse.

Tamia würde dem General und seinen beiden Adjutanten die Suppe offen am Tisch aus einer großen Schüssel einschenken. Normalerweise passiert dieses Gelee unversehrt den menschlichen Verdauungstrakt. Nur in Verbindung mit Alkohol löst es sich auf.

Die Japaner hatten sehr genaue Akten über das Offizierscorps der Regierungsstreitkräfte angelegt. Man wußte, daß nur der General trank, die Adjutanten nicht. Tatsächlich nahm er vor dem Schlafengehen regelmäßig mindestens einen Drink zu sich.

Nach seinem Tode würden die beiden den Ärzten berichten, daß sie von derselben Suppe gegessen hatten wie der General, ohne jedoch Nachwirkungen verspürt zu haben. So konnte nicht die Spur eines Verdachts auf das kleine Restaurant und auf Tamia fallen.

Tamia schnitt eine Grimasse, als sie ans Werk ging. Sicherlich würde sich die erfolgreiche Erfüllung ihres Auftrags gut auf ihrem Beurteilungsbogen ausnehmen. Aber sie wünschten nichts sehnlicher, als wieder mit ihrer Kampfgruppe an der Front zu stehen. Nur dort gab es Einsätze, die den ganzen Menschen forderten.

*

Lieutenant Booth war nervös. Bisher unterschied sich ihre »große Offensive« in nichts von hundert vorangegangenen fruchtlosen Unternehmen. Trotz ihrer Infrarot-Elektronik und den modernen Horchgeräten konnten sie den Feind wieder nicht ausmachen!

Irgendwo in der Nähe sollte sich die Stellung einer gegnerischen Laserkanone befinden. Unermüdlich suchten sie das Gelände nach ihr ab. Es hieß, nach Vernichtung dieser Waffe könnten die Regierungen die Luftüberlegenheit zurückgewinnen – vorausgesetzt, den übrigen Truppeneinheiten gelänge ein ähnlicher Schlag.

So sah die Sache in der Theorie aus. In Wirklichkeit fanden sie nichts und niemand, den sie bekämpfen und vernichten konnten. Der Lieutenant argwöhnte, daß die Mission genauso wie alle anderen enden würde – mit einer Riesenenttäuschung. Der einzige Unterschied bestand darin, daß diesmal wieder ihre Funkgeräte versagten. Sie hatten die Verbindung mit den Nachbarkompanien und mit dem Hauptquartier verloren.

Doch neu war auch das nicht. Sie hatten schon manche Schwierigkeiten mit dem Funkverkehr an der Front erlebt. Der Captain trieb sie jedoch vorwärts. Die Kompanie gehorchte stumpfsinnig. Und Lieutenant Booth wurde von Minute zu Minute nervöser. Einmal mehr erwies sich ihre hochgelobte Technologie als unzuverlässig. Wenn die Funkgeräte gestört waren, vielleicht waren es auch die elektronischen Sicht- und Hörgeräte!

*

»Meine Herren, ich wiederhole, bisher haben die von den Konzernen unter Vertrag genommenen Truppen nur mit halber Kraft gekämpft.«

»Offen gesagt, Mr. Yamada, es fällt mir sehr schwer, das zu glauben.«

Yamada ließ einen kleinen Seufzer hören. »Ich biete Ihnen zwei Beweise an. Erstens: Die Regierungstruppen wollen einen Krieg mit reichlichem Blutvergießen. Die Konzerne nicht. Es widerspricht ihren natürlichen Interessen. Wir leben davon, daß wir dem Verbraucher unsere Waren verkaufen. Sobald wir Ihnen schwere Verluste zufügen, bekommen wir das beim Verkauf zu spüren. Zur Zeit sympathisiert die Öffentlichkeit – auch viele Ihrer eigenen Soldaten – mit den Konzernen. Das würde sich aber ändern, wenn wir aus den feindlichen Soldaten Märtyrer machten. Statt dessen warten wir lieber ab, bis die öffentliche Meinung die Staaten zum Abzug ihrer Truppen zwingt.«

Die Militärs hörten Yamada in nachdenklichem Schweigen zu. Er fuhr fort: »Erinnern Sie sich, meine Herren! Unsere Kampfgruppen haben Zeit und Energie in der Hauptsache darauf verwendet, den Zusammenprall mit Ihren Streitkräften zu vermeiden. Wenn sie mal kämpften, dann war ihr Ziel nicht die Vernichtung des Gegners, sondern ausschließlich die Zerstörung seiner Moral. In jedem Fall eröffneten unsere Truppen erst dann das Feuer, wenn ihre Soldaten die Aufforderung mißachteten, sich zu ergeben oder den Rückzug anzutreten.«

Der amerikanische Offizier zog ein saures Gesicht. »Sie sprachen von zwei Beweisen, Mr. Yamada. Wo ist der zweite?«

»Vielleicht hat mancher unsere Fähigkeit bezweifelt, Ihnen größere Verluste zuzufügen, als wir es bisher für richtig hielten. Inzwischen haben wir jedoch den Beweis angetreten. Sie können sich schnell darüber informieren. Rufen Sie doch mal jetzt Ihre kommandierenden Truppenoffiziere an! Telefonisch, wohlgemerkt – denn wir haben uns erlaubt, Ihren gesamten Funkverkehr zu unterbrechen. In demselben Augenblick, als Sie uns in Haft nahmen, erging von hier aus ein Befehl an einige besonders ausgebildete Spezialisten, die in unseren Diensten stehen. Sie haben inzwischen sämtliche Regierungsoffiziere vom Generalmajor an aufwärts ermordet. Ihre bereits völlig demoralisierten Truppen sind zu diesem Zeitpunkt ohne Nachrichtenverbindung und ohne Führung!«

Lieutenant Booth konnte seine Erregung kaum noch zügeln. Die Infrarot-Späher hatten das gesuchte Ziel ausgemacht! Ungeduldig wartete er auf Bestätigung der ermittelten Koordinaten.

»Hier sind sie, Lieutenant! Genau auf dem Kopf! Alles klar!«

»Nehmen Sie das gesamte Zielgebiet unter Feuer!!!«

Er hatte kaum ausgesprochen, da schlugen schon die ersten Granaten im Zielgebiet ein. Eifrig feuerten die Werferbedienungen Salve auf Salve ab.

Endlich! Nach sechs Monaten – Feindberührung! Mit Begeisterung verfolgte er die unzähligen Einschläge im angegebenen Planquadrat. Was für ein Glück, daß sie den Funkspruch der B-Kompanie aufgefangen hatten! Die meiste Zeit über war der Funkverkehr gestört gewesen. Gut zu wissen, daß auch die Ausrüstung des Gegners nicht hundertprozentig war und nicht immer funktionierte.

»Laßt nicht locker, Männer!«

Die B-Kompanie war ins Feuer der Söldner geraten. Hätten sie den Funkspruch nicht aufgefangen, hätten die Söldner leicht eine Kompanie nach der anderen aufrollen können. Aber jetzt ging ihr Plan ins Auge. Zum erstenmal wußte die Granatwerfer-Kompanie, wo die Söldner steckten.

»Lieutenant Booth! Feuer einstellen! Sofort Feuer einstellen!«

Der Lieutenant wirbelte herum. Ein Soldat kam mit heftig rudernden Armen auf sie zugerannt.

»Feuer einstellen!!!« brüllte Booth seine Männer an, und der Ruf pflanzte sich von Stellung zu Stellung fort.

Der Sergeant blieb aschfahl im Gesicht und völlig außer Atem vor ihm stehen.

»Was ist denn, Sergeant?« Booth bemerkte trotz seiner Erregung, wie die Bedienungen die Ohren spitzten.

»Lieutenant . . . das sind sie nicht . . . wir haben sie gesehen . . . sie sind es nicht . . .«

»Sprechen Sie deutlich, Sergeant!«

»Es sind nicht die Söldner. Wir beschießen die eigenen Truppen!«

»Was?«

»Sommers ist auf einen Baum geklettert und hat die Einschläge durch den Feldstecher beobachtet. Das sind unsere Männer dort!«

»Aber die Koordinaten . . .«

Die Erkenntnis traf ihn wie ein Schlag ins Gesicht. Die Söldner hatten sie hinters Licht geführt. Sie hatten ihm einen gefälschten Funkspruch geschickt und ihn auch bei der Zielansprache getäuscht.

Plötzlich sah er seine Männer aufspringen, kehrtmachen und davonlaufen. Sie ließen ihre gesamte Ausrüstung stehen und liegen und zogen sich in die Richtung der Ruhestellung zurück. Ihre Augen brannten, und manche weinten. Es wäre seine Pflicht gewesen, sie anzurufen, zu beruhigen und zur Rückkehr in die Hauptkampflinie zu zwingen.

Er kannte seine Pflicht sehr wohl. Aber er brachte es nicht fertig.

*

»Nun hören Sie mir einmal zu, Yamada! Ich habe Ihr dummes Gerede satt. Ich lasse Ihnen fünfzehn Minuten Bedenkzeit. Dann rufen Sie Ihre Mordhunde zurück, oder wir nehmen hier an Ort und Stelle unsererseits einige Hinrichtungen vor!«

Yamada schaute ihm gerade ins Gesicht. »Meine Herren, Sie haben überhaupt nichts begriffen. Erstens: es hilft Ihnen nichts, wenn Sie uns als Geiseln halten. Seit mehr als 25 Jahren haben verschiedene Terroristengruppen immer wieder leitende Angestellte und Manager der Konzerne entführt, um Geld oder andere Vorteile zu erpressen. In der ganzen Zeit blieb die Haltung der Konzerne gegenüber den Erpressern eisern abweisend. Wir verhandelten nicht mit ihnen. Der entführte Manager konnte auf keine Hilfe rechnen.«

Er kreuzte die Arme und fuhr fort: »Zweitens: Sie nehmen an, wir würden unsere Streitkräfte verraten, um das eigene Leben zu retten. Aber wir haben uns rückhaltlos unserer guten Sache verschrieben und stehen wie jeder Soldat notfalls mit dem Leben dafür ein. Ich erwarte von Ihnen nicht mehr, daß Sie sich von meinen Worten überzeugen lassen. Nein, meine Herren. Ich werde es Ihnen unmißverständlich vor Augen führen.«

Er hob die rechte Hand leicht an und deutete auf seinen linken Oberarm. »Im Futter meines Jacketts war eine Giftampulle eingenäht. Als ich die Arme kreuzte, stach ich mir die Nadel in den Arm, und das Gift kreist seitdem in meinem Blut. Ich fürchte den Tod nicht und weigere mich, Ihnen als Geisel zu dienen.«

Seine Augen verloren den festen Halt. Sie schienen nichts mehr wahrzunehmen. »Mr. Becker, ich fürchte, Sie müssen weiter . . .«

Als sein Kopf auf die Tischplatte fiel, spürte er nichts mehr. Die beiden anderen Konzernherren verschwendeten keinen Blick an den Toten. Unverwandt schauten sie die Militärs auf der gegenüberliegenden Seite des Tisches an. Die saßen wie erstarrt. Es hatte ihnen die Sprache verschlagen.

»Mr. Yamada hat unseren Standpunkt sehr deutlich klargelegt«, begann Becker. »Und ich halte es für überflüssig, diese Diskussion fortzusetzen.«

Er stand auf. Wilson folgte seinem Beispiel.

»Wir gehen jetzt, meine Herren. Wenn Sie es für gut halten, dann schießen Sie ruhig.«

XXIII

»Eine merkwürdige Sache ist das!« meinte Fred Willard kopfschüttelnd.

Judy Simmons hatte aus dem Taxifenster auf die Straße geschaut. Jetzt wandte sie ihm den Kopf zu. »Wovon sprichst du?«

»Daß wir der Regierung unsere Bedingungen diktieren. Es erscheint absurd. Solange ich für die Konzerne arbeite, haben wir versucht, die Kontrollfunktionen des Staates zu unterlaufen, und über die Gesetze haben wir laut gestöhnt. Manchmal haben wir Bestechung angewendet, um ein für uns günstiges Gesetz durchzubringen, und manchmal haben wir unsere Tätigkeit auch in ein günstigeres Klima verlegt. Aber daß wir ihnen einfach Befehle erteilen . . . das ist und bleibt absurd.«

»Ach was! Das ist ein ähnlicher Vorgang wie die Magna Charta.«

»Die was?«

»Geschichte . . . europäisches Mittelalter. Ein Haufen Landesfürsten, die starken Männer jener Zeit, taten sich zusammen und zwangen den König zur Unterzeichnung eines Dokuments, das ihnen Stimmrecht in der Regierung verlieh.«

»Und so handeln wir jetzt auch?«

»Sozusagen«, meinte Judy. »Sieh mal, Liebling, jedes Regierungssystem braucht die freiwillige Anerkennung seiner Bevölkerung. Wenn das Volk nicht mitspielt, kommt der große Fürst Schwabbelbabbel in Schwierigkeiten.«

»Aber nicht in einem kommunistischen Polizeistaat.«

»Auch in einem kommunistischen Polizeistaat. Wenn das Volk nicht wenigstens einigermaßen mit der Regierung zufrieden ist, nimmt es die Staatsgeschäfte selber in die Hand und stürzt die Herrschenden.«

»Aber sowie dort jemand das Maul aufreißt, können sie ihn doch verhaften und erschießen.«

»Wenn die Volksbewegung einen zu großen Umfang annimmt, geht das nicht mehr. Man kann nicht ein ganzes Volk an die Wand stellen. Und wer soll die Leute erschießen? Ist die Sache schon so weit gediehen, dann folgt auch das Militär der Führung nicht mehr.«

»Kommt mir dennoch irgendwie unnatürlich vor.«

»Es ist die natürlichste Sache der Welt. Sehen wir mal von Regierungen ab. Eine Machtstruktur ähnelt der anderen. Denk an die Entstehung der Gewerkschaften. Die Unternehmer hatten alle Karten in der Hand. Keiner schien ihnen an den Wagen fahren zu können. Aber sobald die Arbeitsbedingungen einen Tiefstand erreicht hatten, gelang es den Arbeitnehmern, Einfluß zu gewinnen, ob es den Unternehmern gefiel oder nicht.«

»Heutzutage haben die Gewerkschaften kaum noch Einfluß.«

»Richtig, sie werden ja kaum noch gebraucht. Die Unternehmer kamen allmählich dahinter, daß der Schlüssel ihres Erfolgs darin liegt, die Arbeiter bei guter Laune zu halten. Die Gründe für das Bestehen von Gewerkschaften verschwanden allmählich. Und die Leute fragten sich, warum sie überhaupt noch Beiträge dafür zahlen sollten. Und so fragen sich jetzt die Konzerne, aus welchem Grund sie eigentlich noch Steuern zahlen. Kein System kann Treue und Gehorsam erzwingen. So was ist da oder ist nicht da. Trägheit erhält den Status quo. Aber sobald die Flut einsetzt, ist sie nicht mehr aufzuhalten.«

»Du stellst das so dar, als hätten die Konzerne bereits die Macht im Staat übernommen«, wunderte sich Fred.

»Das kommt der Wahrheit zumindest sehr nahe. Die Regierungen sind überhaupt nur noch deshalb im Amt, weil sie einige Schmutzarbeit für die Konzerne tun, mit denen wir uns die Hände nicht beflecken wollen. Aber wenn wir etwas fordern, bekommen wir es auf der Stelle. Sie haben ihre Muskeln spielen lassen – und dabei verraten, daß sie an Muskelschwund leiden.«

»Wo gehen wir jetzt hin?«

»Dort hinein.« Das Taxi fuhr an den Bürgersteig. Judy Simmons zeigte durchs Wagenfenster auf das riesige Gebäude aus Stahl und Glas. »Als Delegierte des Ersten Vereinten Unterhändler-Rates – der mächtigsten Versammlung, die die Welt je gesehen hat. Jeder größere Konzern und jede einflußreiche Industriegruppe ist hier vertreten. Zusammen werden wir entscheiden, wie von jetzt an die Welt regiert werden soll.«

Als sie die Treppe emporstiegen, drängte sie sich enger an ihn. »Bleib ganz nah bei mir, ja?«

»Nanu, bist du nervös? Nach deinen Ausführungen im Taxi nahm ich an, du würdest es hier mit jedem im Rat aufnehmen.«

»Es ist nicht der Rat. Ich meine die da.« Und sie deutete mit dem Kopf auf die Söldner, die in der Halle herumstanden. Scheinbar gleichgültig schauten sie sich die ID Cards der Delegierten an. Aber ihre harten Augen verrieten ihre Gefährlichkeit.

»Die? Aber hör mal, Süße, das sind doch unsere Helden! Was wären wir ohne sie?«

»Trotzdem mag ich sie nicht. Sie kommen mir vor . . . wie Tiere.«

Sie beschleunigte den Schritt. Fred mußte sich beeilen, um mitzukommen.

*

»Schau dir die an!«

»Wen meinst du?« Tidwell kam langsam an das Geländer im Zwischenstock, von dem Clancy Ausschau hielt.

»Diese hübsche kleine Biene mit dem Mummelgreis – so spielt das Leben, wie?«

»Na, da weiß man doch wenigstens, wofür man an der Front gekämpft hat – damit so ein fetter alter Sack seine Freundin zur Tagung mitbringen kann.«

»Nun mach die Leute nicht schlecht, Steve. Sie kämpfen genauso hart wie wir. Nur auf eine andere Art.«

»Mag sein.« Tidwell drehte sich um, steckte eine Zigarette an und lehnte sich gegen das Geländer.

»Was ist dir für eine Laus über die Leber gekrochen, Steve? Du hast doch schlechte Laune, stimmt's?«

»Weiß nicht. Ich hab' so ein mulmiges Gefühl, als wenn heute noch etwas Unangenehmes passieren wird.«

»Was denn?«

»Ich weiß es nicht. Sind vielleicht nur die Nerven. Bei mir kribbelt es, wenn ich so herumstehen muß.«

»Ja, das ist die Reaktion auf die lange Zeit an der Front. Das geht vorüber.«

Eine Weile standen sie schweigend nebeneinander. Dann stieß sich Tidwell vom Geländer ab und drückte die Zigarette im nächsten Aschbecher aus.

»Clancy, was weißt du von den Samurai?«

»Nicht viel. Nur daß sie furchtbare Einzelkämpfer waren, aber im Verband nichts taugten.«

»Weißt du, warum sie von der Bildfläche verschwanden?«

»Nein. Vermutlich waren sie mit dem Aufkommen von Schußwaffen überflüssig geworden.«

»Verkehrt. Ein Systemwechsel nahm ihnen die Existenzgrundlage.«

»Wie das?«

»Die Samurai hatten ihre große Zeit, als Japan noch in viele kleine Provinzen zerfiel, von denen jede durch einen kriegerischen Fürsten regiert wurde. Die Samurai bildeten seine besoldete Leibwache. Jeder einigermaßen reiche Großgrundbesitzer hielt sich damals eine Horde Samurai, um räuberische Nachbarn von seinem Eigentum abzuwehren. Die dauernden Überfälle und Stammesfehden gaben ihnen ein paar Generationen lang Arbeit genug. Dann kam die große Einigung des Landes unter einem Kaiser, der den ganzen Laden übernahm. Urplötzlich verloren die Samurai ihre Existenzberechtigung. Die Clans lösten sich auf, und die arbeitslosen Krieger durchzogen als vogelfreie Raubritter und Bettler das Land.«

»Und du machst dir Sorgen, daß es uns ähnlich ergehen könnte?«

»Das wäre doch leicht möglich.«

»Ich sehe da andere Möglichkeiten.«

»Und die wären?«

»Nun, nur mal als Beispiel . . .«

»Moment mal!« Tidwell war plötzlich gespannt wie eine Feder und ging schnell am Geländer entlang. Eine Gruppe von etwa zwanzig Söldnern war hereingekommen und hielt sich in der Nähe der Glastüren auf.

»Wer sind diese Männer?« Tidwell lehnte sich weit über das Geländer. Aber er sah kein bekanntes Gesicht in der Gruppe.

»Das ist unsere Ablösung!«

»Ablösung? Was für eine Ablösung? Wir sollen doch noch . . .« Er verstummte abrupt.

Clancy hatte den Derringer, seine Lieblingswaffe, gezogen und auf Tidwell gerichtet. Das Mündungsloch wirkte von vorn gesehen, riesengroß.

»Was soll das?«

»In ein paar Minuten wird alles klar sein. Schon jetzt gebe ich dir mein Wort, daß die Männer mit friedlichen Absichten gekommen sind.«

»Wer sind sie?«

»Männer meiner alten Einheit.«

»Deine alte Einheit? Meinst du aus dem . . .«

»Aus dem Russisch-Chinesischen Krieg, stimmt. Der K-Block hat sich entschlossen, die Nachrichtensperre zu beenden, und wir sollen seine erste Botschaft überbringen.«

»Seit wann arbeitest du wieder für den K-Block?«

»Ich habe nie damit aufgehört.«

»Aha. Also, was nun?«

»Sag den Wachen, sie seien abgelöst. Sag ihnen meinetwegen, sie hätten zur Belohnung dienstfrei bekommen oder etwas in dieser Art. Aber sag es so, daß es überzeugend klingt! Meine Männer haben dich und deine Mannschaft genau studiert. Sie merken sofort, wenn ihr falsch spielt.«

»Du hast doch eben gesagt, sie kämen in friedlicher Absicht.«

»Das stimmt auch. Aber es darf niemand die Versammlung verlassen, bevor wir die Botschaft übermittelt haben.«

»Also brauche ich nur meine Männer wegzuschicken.«

»Richtig. Aber du bleibst hier! Du wirst etwas sehr Interessantes erleben!«

»Möchte es um nichts in der Welt verpassen.«

*

Die Eröffnungsansprache langweilte Fred Willard unsäglich. Deshalb ließ er seine Blicke herumschweifen und bemerkte die Söldner, die den Versammlungssaal betraten. Mit wachsender Neugier beobachtete er, wie sie sich im Saal verteilten.

Vier stellten sich in gleichmäßigen Abständen an der Rückwand auf. Drei erschienen im Rang. Fred straffte sich. Hatten die beiden Söldner an der Tür die Waffen gezogen? Hielten sie den an der Rückwand lehnenden Söldner damit in Schach, dessen Gesicht wie versteinert wirkte?

Irgend etwas ging hier vor. Aber was? Hatte sich ein Attentäter eingeschmuggelt? War eine Bombendrohung ergangen?

Beunruhigt musterte Fred die Versammlung. Sein Blick traf auf den Söldner mit dem versteinert wirkenden Gesicht. Der hob überrascht eine Augenbraue. Dann blinzelte er ihm langsam, fast feierlich zu.

Was war nur los? Nun, sie würden es schnell erfahren. Einer der Söldner ging, von zwei anderen gefolgt, zum Rednerpult. Der Versammlungsleiter bemerkte sie und unterbrach seine Rede. Er trat vor und wechselte einige Worte mit dem Söldner in der Mitte.

Die Delegierten benutzten die Unterbrechung, um sich bequemer hinzusetzen und einige Bemerkungen untereinander auszutauschen. Fred beobachtete die Unterhaltung am Rednerpult. Sie schien hitzig zu werden.

Plötzlich wandte sich der Versammlungsleiter ab, schüttelte energisch den Kopf und wollte ans Rednerpult zurück. Der Söldner, der mit ihm gesprochen hatte, machte einem seiner Begleiter eine auffordernde Handbewegung. Der Mann sprintete hinter dem Versammlungsleiter her und versetzte ihm einen Schlag mit der Handkante über den Nacken. Der Getroffene fiel zu Boden.

Mein Gott! Was hatte das zu bedeuten? Die Delegierten zuckten erschrocken zusammen, als die Söldner den Besinnungslosen zu einem leeren Sitz schleiften. Dort legten sie ihn grob ab. Er wirkte wie ein schlaffes Bündel. Die Söldner machten Front zur Versammlung. Ihr Anführer trat hinter das Rednerpult. Die Versammlung versank in Stillschweigen.

»Es sieht so aus, Leute, als müßte ich hier sprechen, ohne gebührend vorgestellt worden zu sein.«

Er hielt inne, als erwarte er einen Lacher. Aber nur tiefe Stille antwortete ihm. Mit kalten Augen starrten die Delegierten ihn feindselig an.

»Vielleicht kennen mich einige von Ihnen. Ich gehöre zu Ihren Söldnern. Wir haben dem Rat einen Vorschlag zu unterbreiten und . . .«

»Was zum Teufel soll das Ganze?«

Die helle Stimme kam mitten aus der Versammlung. Ihr folgten in rascher Aufeinanderfolge andere empörte Zwischenrufe. Clancy hob nur die Hand, und sofort verteilten sich weitere Söldner an allen Ecken des Saals, wobei sie ihre Waffen zogen. Daraufhin versanken die Delegierten erneut in betroffenes Schweigen.

»Ich bitte herzlich um Verzeihung für die ungewöhnliche Art meines Auftretens. Aber hören Sie mich bitte erst an, bevor Sie Fragen stellen. Und zwar muß ich Sie bitten, mich schweigend anzuhören, ohne Zwischenrufe und ohne Bewegungen. Die Jungs hier sind nämlich ein bißchen nervös. Da könnte leicht einer auf die Idee kommen, Sie wollten eine feindliche Haltung einnehmen. Und das wäre doch sehr zu bedauern.«

Fred warf einen Blick auf den steingesichtigen Söldner im Hintergrund. Aber der zuckte nur die Achseln, als werde er genausowenig aus den Vorgängen klug.

»Wie ich gerade erläutern wollte, sind wir eine Verbindung von Söldnern. Unser gegenwärtiger Auftraggeber sind die Leute, die Sie den K-Block nennen.«

Fred fühlte, wie ein Kälteschauer ihn durchrann. Kommunisten! Eine Horde Kommunisten hielt sie mit gezogener Waffe in Schach!

»Wir überbringen Ihnen ein Angebot unserer Auftraggeber. Wir bieten Ihnen den dauerhaften Weltfrieden an. Lassen Sie mich den Gedanken ein wenig erläutern, bevor wieder jemand in Panik gerät. Wenn früher irgendeine Macht der Welt den Frieden anbot, dann stellte sie immer Bedingungen. ›Führt meine Anordnungen aus, und es wird euch kein Haar gekrümmt!‹ In diesem Sinne . . . Genau das tun wir nicht. Wir verlangen weder, daß die freie Welt sich zum Kommunismus bekehren soll noch daß aus Kommunisten Imperialisten werden sollen. Wir schlagen vielmehr eine bestimmte Methode vor, die es beiden Staatsformen erlaubt, ihren Idealen, ihrem Gewissen und ihren Traditionen treu zu bleiben.«

Das wäre eine schöne Sache, dachte Fred. Leider hat niemand das Patentrezept dafür. Dennoch blieb er interessiert.

»Ein Punkt der Tagesordnung dieses Rates ist die Festsetzung der Steuerhöhe, die die Staaten in Zukunft verlangen dürfen. Zu diesem Zweck muß zunächst einmal festgestellt werden, wieviel Geld der Staat überhaupt braucht. Wir gehen von der Einsicht aus, daß alle Staaten ihre Ausgaben erheblich abbauen können, wenn sie keine bewaffneten Streitkräfte mehr zu unterhalten brauchen.«

Ein Raunen ging durch die Reihen der Delegierten. Doch es hörte bald wieder auf, als man sich besann, daß man immer noch vor gezückten Pistolen saß.

»Wir schlagen vor, die vielen National-Armeen durch eine einzige Welt-Armee zu ersetzen. Sie soll aus echten Berufssoldaten bestehen – Sie können auch sagen aus Söldnern. Bezahlt werden sie zu gleichen Teilen von den Konzernen und vom K-Block. Diese Armee ist für die Erhaltung des Weltfriedens verantwortlich. Sie bringt durch ihre Schlagkraft jede Nation, die eine andere mit Krieg überzieht, sofort zur Vernunft. Ähnliches wurde in früheren Zeiten von den United Nations versucht. Es scheiterte aus zwei Gründen. Erstens bestanden die National-Armeen weiter. Sie wurden sogar so verstärkt, daß es immer wieder zu Überfällen eines Staates auf einen anderen kam. Und zweitens konnte die UN ihre Aufgabe wegen der eigenen Schwäche nicht erfüllen. Ich darf der Versammlung versichern: Wenn wir einen Konflikt beenden sollen, dann beenden wir ihn!«

Sein Lächeln war so teuflisch, daß niemand in der Versammlung an seinen Worten zweifelte.

»Nun werden natürlich gegen eine solche Truppe gleich ein paar Einwände erhoben werden. Da ist die Angst vor einer Machtergreifung der Militärs. Anstelle einer Antwort möchte ich darauf hinweisen, daß wir in dieser Minute alle Anwesenden töten könnten, wenn wir wollten. Aber warum sollten wir so etwas tun? Eine Armee, die ihre Macht auf solche Weise mißbraucht, wird sich schnell einigen unangenehmen Überraschungen gegenübersehen. Die Bevölkerung würde den bewaffneten Aufstand probieren. Für jeden Toten würden fünf neue Rebellen aufstehen. Wenn wir dann alle töten, die gegen uns sind, wären bald nur noch Söldner auf der Welt. Nein, wir sind doch nicht wahnsinnig! Wir sind von Beruf Soldaten – und nicht Farmer oder Geschäftsleute. Was unseren Lebensunterhalt angeht, so hängen wir von Ihnen ab. Man schlachtet nicht die Gans, die einem goldene Eier legt, und ein vernünftiger Mensch legt seinen Chef nicht um.«

Er schwieg einen Augenblick. Auch im Saal herrschte Ruhe. Die Delegierten wägten seine Worte.

»Ferner darf ich darauf hinweisen, daß der K-Block das vorgeschlagene System in den letzten Jahren erfolgreich erprobt hat. Für ihren Wiederaufbau brauchten sie jede verfügbare Arbeitskraft. Deshalb schafften sie die eigene Wehrmacht ab und übergaben uns die Verantwortung für ihre Sicherheit. Der Entschluß wurde aus der Not geboren. Aber die Sache klappte! Die Aufgabenverteilung erwies sich für alle Beteiligten als segensreich. Von seiten des Militärs wurden keine Versuche unternommen, an die Macht zu gelangen. Im K-Block gibt es nur noch eine einzige Furcht: ein Angriff von außerhalb. Und das ist der Grund, warum wir hier sind. Wir bieten Ihnen unsere Dienste an, und damit einen dauerhaften Frieden zu geringen Kosten. Sobald es keine nationalen Armeen mehr gibt, gehören Invasionen der Vergangenheit an.«

Seine Worte hingen bedeutungsvoll im Raum. Fred versuchte, sich eine Welt ohne Kriegsgefahr vorzustellen.

»Ich möchte einen anderen Einwand gegen unseren Plan nicht verschweigen. Denn Sie als Geschäftsleute kommen sowieso darauf. Krieg bedeutet immer ein gutes Geschäft. Für eine dahinsiechende Wirtschaft ist er oft die rettende Spritze. Wäre es aus diesen Gründen überhaupt ratsam, auf zukünftige Kriege zu verzichten?

Bevor ich darauf antworte, lassen Sie mich ein anderes Problem streifen. Wie halten wir Söldner uns in Form? Wenn wir erfolgreich den Frieden bewahren, wenn wir gegen keinen Feind mehr anzutreten brauchen, was hält uns davon ab, faul, fett und gefräßig zu werden?«

Ein Lächeln erschien auf seinem Gesicht.

»Die Lösung beider Probleme haben eigentlich Sie uns beschert. Seit zwei Jahren benutzen wir für unsere Übungen und Manöver Kampfanzüge nach Ihrem Vorbild. Eigentlich wollten wir dadurch nur den Truppen ein wirklichkeitsnahes, hartes Training ermöglichen. Aber die Manöver in Kampfanzügen hatten eine überraschende Nebenwirkung. Sie entwickelten sich zu einem erstaunlich volkstümlichen Sportereignis, zu dem die Zuschauer in Massen strömen. Davon angeregt, entwickelten wir verschiedene Wettbewerbe und bildeten Mannschaften, die alle ihre Anhänger und Fans haben. Sobald den Leuten erst richtig klargeworden ist, daß kein Soldat wirklich getötet oder verwundet wird, finden sie die Manöver spannender als Kino und Fernsehen. Ein paar unserer Söldner sind bereits ziemlich berühmte Stars geworden, und manchmal muß man sie vor allzu begeisterten Autogrammjägern in Sicherheit bringen«

Im Saal wurden geflüsterte Unterhaltungen geführt, als der Mann auf dem Rednerpult weitersprach.

»Sie sehen also, daß die Rüstungs-Industrie nicht zu leiden braucht. Hinzu kommt als unverhoffter Glücksfall ein neuer einnahmeträchtiger Zuschauersport. Ich brauche vor dieser Versammlung die Gewinnmöglichkeiten des Sports nicht zu erläutern.«

Diesmal erntete er tatsächlich ein unterdrücktes Gelächter für seinen Scherz. Sogar Fred ertappte sich dabei, daß er kicherte.

»Ich glaube, ich habe Ihre Zeit lange genug in Anspruch genommen. Diskutieren Sie bitte unseren Vorschlag – untereinander und mit Ihren Chefs. Wir kommen in einer Woche zurück.

Dann stehen wir Ihnen auch für alle etwaigen Fragen zur Verfügung. Ich bitte nochmals um Verzeihung, daß wir mit gezückten Waffen hier eindrangen. Aber wir konnten ja nicht ahnen, wie Sie uns empfangen würden. Ich darf Ihnen bei dieser Gelegenheit ein Kompliment machen. Unsere Waffen sind wirklich scharf geladen! Wir hatten eine Mordsangst vor Ihnen. Denn Sie sind gefährliche Menschen. Ich danke Ihnen.«

Er verließ das Rednerpult und machte sich auf den Weg zum Ausgang. Seine Männer schlossen sich ihm unterwegs an.

Mumm hat der Hundesohn! dachte Fred und begann, Beifall zu klatschen. Auch andere rührten die Hände. Als die Söldner die Tür erreicht hatten, war der Applaus zu donnernder Lautstärke angewachsen. Sie blieben stehen und winkten der Versammlung zu, ehe sie den Saal verließen.

*

»Tut mir leid, daß ich dich nicht früher einweihen konnte, Steve. Aber Befehl ist Befehl.«

»Völlig klar.«

»Ich muß dir gestehen, als ich die Pistole auf dich richtete, war ich so aufgeregt wie ganz selten in meinem Leben. Übrigens soll ich dir von der Koalition einen Vertrag anbieten.«

»Kommt mir zupaß. Habe darauf gehofft. Komm, ich geb' dir einen Drink aus!«

»Danke dir. Ich kann jetzt wirklich einen gebrauchen.«

Eine Weile gingen sie schweigend nebeneinander her. Endlich fuhr Tidwell aus seinen Tagträumen hoch. »Fans? Autogrammjäger?«

»Warte es ab, bis du es selber erlebst. Es ist gespenstisch, kann ich dir sagen.«

Beide lachten. »Sag mal, Clancy, wie ist es eigentlich, wenn man für den K-Block arbeitet?«

»Soll ich dir die Wahrheit sagen? Es ist überhaupt kein Unterschied zur Arbeit in der freien Welt! Ob sich die Leute nun Aufsichtsrat schimpfen oder Partei – es bleibt immer das gleiche. Drahtzieher bleibt Drahtzieher, Bonze bleibt Bonze. Die Machthabenden sehen sich in beiden Systemen vor gleichen Problemen. Ihre Sprache klingt unterschiedlich, aber sie meinen in Wirklichkeit dasselbe. ›Stellt die Arbeitnehmer halbwegs zufrieden! Gebt Ihnen die Illusion der Mitbestimmung! Dann kommen sie nicht auf die Idee, uns aus den weichen Pfühlen zu vertreiben.‹ Das macht unsere Arbeit ja so einfach. Die Menschen sind überall gleich. Sie fürchten die Gewalt und lassen sich mit Wonne Honig ums Maul schmieren. Und keiner, aber wirklich keiner, gesteht, daß sein Urtrieb die nackte Habgier ist. Nur wir sind uns dessen bewußt. Und deshalb halten wir die Welt am Schlafittchen.«

Tidwell wehrte mit einer Handbewegung ab. »Das ist mir zu hoch. Aber weil du gerade vom Urtrieb sprichst, mich dürstet es immer noch ungemein. Wohin gehen wir?«

»Aki hat ein kleines japanisches Restaurant gefunden, in dem es guten irischen Whisky gibt. Der ganze Haufen verkehrt da.«

»Genau das Richtige. Fans und Autogrammjäger, he?«

Lachend schritten die beiden Söldner weiter und kümmerten sich nicht um die teils neugierigen, teils zornigen Blicke der Umstehenden.

XXIV

Thomas Mausers Geschäfte gingen glänzend. Seitdem der K-Block den Vorhang des Schweigens gelüftet hatte, bekam er fast dreimal so viele Aufträge wie zuvor. Sämtliche Anfragen, auf die bisher keine Antworten zu finden waren, wurden wieder aktuell. Seine Agenten machten Geld wie Heu.

Über eine Frage zerbrach sich Mauser oft den Kopf. War das jetzt nur eine vorübergehende Welle? Oder sollte er sein Geschäft erweitern? Er hatte bereits eine zweite Schicht eingeführt. Sonst wäre er nicht mal mit dem Speichern der Informationen fertig geworden, die rund um die Uhr einliefen. Für sein Hobby fand er schon seit fast einem Monat keine Zeit mehr. Nicht übel für den kleinen Laden, den er damals nur eröffnet hatte, um dem eintönigen Fünftage-Rennen im grauen Flanell zu entrinnen!

Zuerst befürchtete er, daß unter der neuen Ordnung seine Firma überflüssig werden würde. Was für eine dumme Idee! Informationen beantworten nicht nur Fragen, sie lösen wieder neue Fragen aus. Solange es um Geld und Menschen ging, würde er im Geschäft bleiben.

Das Licht auf dem Schreibtisch-Bildschirm seines eigenen TV-Systems glühte auf. Er drückte eine Taste.

»Ja, Miß Witley?«

»Zwei Herren möchten Sie sprechen. Sie sagen, es sei dringend.«

Noch während sie das sagte, bediente sie ein Gerät, und die Gestalten der beiden Männer wurden auf einem Bildschirm sichtbar. Sie sahen wie leitende Angestellte aus. Außerdem kamen sie so kurz vor dem Mittagessen äußerst ungelegen. Aber dann erinnerte sich Mauser an Hornsbys ersten Besuch. »Lassen Sie sie herein!«

Wenige Augenblicke später waren sie da. Miß Witley stellte sie vor und verschwand wieder in ihrem Zimmer. Während Mauser den Besuchern die Hände schüttelte, stellte er mit der Fußspitze verstohlen Videorecorder und Tonband an. Seit einiger Zeit nahm er alle Privatbesprechungen auf, um sie sich später noch einmal vorzuspielen. »Ja, also, Mr. Stills, Mr. Weaver. Wollen Sie Nachrichten kaufen oder verkaufen?«

Sie blickten ihn verständnislos an. Er spürte einen Anflug von Ärger.

»Kaufen oder verkaufen . . .?«

»Ja, Nachrichten! Ich nehme an, daß Sie deshalb hier sind. Mit etwas anderem handle ich nicht.«

»O nein! Ich fürchte, Sie machen sich eine falsche Vorstellung über den Grund unseres Besuches bei Ihnen. Mr. Weaver und ich vertreten den Vereinten Aufsichtsrat der Konzerne.«

In diesem Augenblick fiel Mauser unvermittelt seine Pistole ein. Sie hing zu Haus im Schlafzimmerschrank. Seit Wochen hatte er sie nicht mehr getragen. »Ich verstehe nicht ganz, meine Herren. Gibt es irgendeine Beanstandung?«

»Nein, nein. Ganz im Gegenteil.« Stills lächelte Mauser äußerst freundlich und beruhigend an. »Wir möchten vielmehr eine Sache mit Ihnen besprechen, die von beiderseitigem Nutzen sein wird. Wir hofften, wir könnten Sie zum Mittagessen einladen. Dabei läßt sich in Ruhe über alles reden.«

Mauser erwiderte das Lächeln nicht. »Ich pflege mittags durchzuarbeiten. Das ist ein Nachteil der Selbständigkeit. Zum Unterschied zu den Verhältnissen in einem Konzern bin ich hier wirklich unabkömmlich. Bitte, sagen Sie mir, worum es sich handelt. Ich habe leider sehr wenig Zeit.«

Die beiden Männer tauschten Blicke aus. »Sehr gut. Der Aufsichtsrat hat uns ermächtigt, mit Ihnen über einen Ausverkauf zu sprechen – ich meine, die Konzerne sind daran interessiert, sich Ihre Firma anzugliedern.«

Mauser war wie vor den Kopf geschlagen und fand sekundenlang keine Worte. Endlich platzte er heraus: »Ausverkauf! Angliedern!«

Weaver lächelte, und Stills hob abwehrend die Hand. »Ich habe mich offenbar etwas unglücklich ausgedrückt. Sehen Sie, der Aufsichtsrat holt seit einiger Zeit Erkundigungen über Ihre Arbeit ein. Je mehr Einzelheiten bekannt wurden, umso beeindruckter zeigten sich die Herren.«

Mauser nahm das Kompliment mit einem leichten Kopfneigen entgegen. »Ursprünglich bestand der Plan, selber eine ähnliche Organisation aufzubauen. Aber schon bei den Vorarbeiten ergaben sich große Schwierigkeiten. Allein die Zeit, die der Aufbau des Agentennetzes dauern würde! Inzwischen könnten uns wichtige Geschehnisse entgehen.«

Er zündete sich eine Zigarette an. Mauser ließ den Blick über einige seiner Geräte schweifen, sagte aber nichts.

»Jedenfalls kam man überein, daß es am einfachsten sei, einfach Ihren Laden zu übernehmen und für die Konzerne arbeiten zu lassen.«

»Dieser schöne Plan hat einen schwerwiegenden Fehler«, unterbrach Mauser. »Ich denke gar nicht daran, meinen Laden zu verkaufen.«

Wieder hob Stills besänftigend die Hand. »Ziehen Sie bitte keine voreiligen Schlüsse, Mr. Mauser. Sie haben offenbar unser Angebot nicht richtig begriffen. Sie sollen nicht etwa ausgebootet werden. Im Gegenteil, Sie werden das Geschäft weiterhin leiten. Sie bekommen ein fürstliches Gehalt – zusätzlich zu dem Ankaufspreis, der meiner Ansicht nach weit überhöht ist. Wir nehmen Ihnen also nichts weg. Wir erwarten sogar Erweiterungen. Man wird ein bißchen nachhelfen, und bald werden sämtliche Konzerne mit Ihnen Geschäfte machen. Es sieht so aus, als würden Sie eines Tages einer der mächtigsten Männer in der Welt der Konzerne.«

Mauser sprang auf, lehnte sich über den Schreibtisch und erwiderte heftig: »Ich glaube eher, daß Sie nicht richtig begreifen, meine Herren. Ich habe gar nicht die Absicht, einer der mächtigsten Männer in der Welt der Konzerne zu werden! Ich will mein Geschäft auch nicht erweitern. Und vor allem will ich es nicht verkaufen!«

Er hatte sich in Erregung geredet und verlor seine Selbstbeherrschung. Aber diesmal war es ihm gleichgültig.

»Ich habe so lange in dieser Welt der Konzerne gearbeitet, daß ich nur einen Wunsch kannte: raus aus dieser Welt! Ich mag keine Arbeitspläne, ich mag kein Katzbuckeln, ich mag keine Leistungsnachweise, ich mag keine Gehaltszuschläge, ich mag keine sinnlosen Konferenzen, ich mag keinen Büroklatsch, ich mag keine Angestellten-Rundschreiben, und ich mag es nicht, austauschbar zu sein! Kurz und gut, meine Herren, ich mag Konzerne nicht. Darum habe ich mir eine eigene Firma aufgebaut. Um sie in Gang zu halten, arbeite ich härter und länger als Sie beide zusammen und verdiene wahrscheinlich weniger. Dafür habe ich etwas erfahren, von dem mit Sicherheit keiner von

Ihnen auch nur den geringsten Hauch verspürt hat – Glück. Ja, ich bin glücklich. Man kann Glück nicht mit Zahlen bewerten, aber für mich bedeutet es sehr viel. Habe ich mich deutlich ausgedrückt?«

Unbeeindruckt von seiner Ansprache, rekelten sich die Besucher in ihren Sesseln. »Aber Sie mißverstehen die Situation völlig, Mauser«, sagte Stills sanft. »Wir haben keine *Bitte* ausgesprochen!«

Plötzlich fühlte Mauser, wie ihm eiskalt wurde. Als Stills weitersprach, sank er langsam in seinen Sessel zurück.

»Wir haben uns Ihnen wirklich mit Samthandschuhen genähert. Es ist ein faires Angebot. Aber bilden Sie sich ja nicht ein, Sie hätten eine andere Wahl! Im Fall, daß Sie die letzten Entwicklungen nicht verfolgt haben: die Konzerne sind jetzt an der Macht! Wenn sie Ihnen befehlen: ›Los, spring!‹, dann haben Sie nicht zu fragen: ›Wie hoch?‹, sondern: ›Wann darf ich wieder runterkommen?‹ So sieht es aus, ob Ihnen das nun gefällt oder nicht!«

Eine Schwäche überkam Mauser. »Und wenn ich nicht springe?« fragte er leise.

Stills zog eine Grimasse. »Nun, das wäre für uns alle ziemlich unangenehm.«

Mauser hob die Augen und sah die beiden an. »Soll das heißen, daß Sie mich tatsächlich umbringen würden?«

Stills sah ehrlich erstaunt aus. »Umbringen? Zum Teufel, Mann, Sie lesen wohl zu viele Spionageromane!«

Zum erstenmal nahm Weaver das Wort. »Schauen Sie sich doch mal um, Mr. Mauser. Sie haben hier ein Geschäft aufgebaut, das ziemlich anspruchsvoll ist, was die Technik angeht. Was würde wohl passieren, wenn die Telefongesellschaft Ihnen kündigte? Oder wenn die Firmen, die Ihre Geräte herstellen, sie ins Werk zurückrufen – oder sich weigern würden, sie weiterhin zu warten? Zaibatsu liefert Ihnen seit Jahren die persönlich kodierten tragbaren Terminals für Ihre Agenten. Was würden Sie von der Ankündigung in den Zeitungen halten, daß Zaibatsu in einer Woche eine vollständige Liste Ihrer Agenten und Käufer veröffentlichen werde? Ich möchte beileibe keine Drohung aussprechen, Mr. Mauser, aber wenn wir wollten, könnten wir Sie über Nacht dazu zwingen, Ihr Geschäft zu schließen.«

Mauser war zusammengesunken. In respektvollem Schweigen warteten die Männer der Konzerne darauf, daß er sein seelisches Gleichgewicht wiedergewann.

»Was geschieht nun?«

Stills stand auf. »Ich muß zur Berichterstattung zurück. Weaver bleibt hier. Er ist Ihr neuer Assistent. Er muß lernen, wie der Laden hier läuft. Laut Plan wird allem Personal, das Schlüsselstellungen innehat, ein zweiter Mann beigegeben, der ihn notfalls ersetzen kann.«

Er ging auf die Tür zu.

»Stills!«

Der Angerufene blieb mit der Hand auf dem Türknauf stehen.

»Ist es wirklich so, wie Sie sagen?«

Mit einem schwachen Lächeln hob Stills die Achseln. Dann ging er wortlos.

Im Bürozimmer herrschte Stille. Mauser starrte blicklos vor sich hin. Plötzlich fühlte er eine Hand auf seiner Schulter. Es war Weaver.

»Kopf hoch, Mr. Mauser!« Seine Stimme war voll Anteilnahme. »Es hätte schlimmer kommen können. Sie sind ein bedeutender Mann. Verhalten Sie sich loyal, und man wird gut für Sie sorgen. Sie wissen doch: wes Brot ich eß, des Lied ich sing.«

Mauser gab keine Antwort. Er dachte unentwegt an die Pistole in seinem Schlafzimmerschrank.

ENDE